U0607701

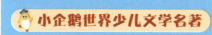
小企鹅世界少儿文学名著

快乐王子

[英] 王尔德◎著　李妍◎编译

天津出版传媒集团

天津人民出版社

图书在版编目（CIP）数据

快乐王子 /（英）王尔德著；李妍编译 . -- 天津：
天津人民出版社，2017.3（2019.5 重印）
（小企鹅世界少儿文学名著）
ISBN 978-7-201-11330-2

Ⅰ . ①快… Ⅱ . ①王… ②李… Ⅲ . ①童话—作品集
—英国—近代 Ⅳ . ① I561.88

中国版本图书馆 CIP 数据核字 (2017) 第 045798 号

快乐王子
KUAILE WANGZI

出　　版　天津人民出版社
出 版 人　刘　庆
地　　址　天津市和平区西康路 35 号康岳大厦
邮政编码　300051
邮购电话　（022）23332469
网　　址　http://www.tjrmcbs.com
电子信箱　tjrmcbs@126.com

责任编辑　李　荣
装帧设计　映象视觉

制版印刷　三河市同力彩印有限公司
经　　销　新华书店
开　　本　710×1000 毫米　1/16
印　　张　10
字　　数　80 千字
版次印次　2017 年 3 月第 1 版　2019 年 5 月第 3 次印刷
定　　价　29.80 元

　　文学作品浩如烟海，而经典名著是经过岁月的冲刷之后留下的精华，每一部都蕴藏着深厚的文化精髓，其思想价值和文学价值是无法估量的。经典名著是人类宝贵的精神财富，贯穿古今，地连五洲。少年儿童阅读经典名著，可以培养文学修养、开阔视野、增长见识、树立正确的人生价值观。从儿童时期养成良好的阅读习惯，可以受益终身。

　　经典名著是人类智慧的结晶，经常读书的人，会散发出一种与众不同的气质，这种气质会在人们的生活中潜移默化地显露出来。儿童时期是塑造良好气质的重要阶段，阅读优秀的经典著名文学作品可以让人心旷神怡，陶醉在文学大师的才华之中，对塑造良好的气质有很大帮助。

　　随着教育的不断改革，教育部也对教学大纲进行了适当调整，调整后的教学大纲更加适应时代发展。全新的教学大纲更加注重

CLASSICS

塑造少年儿童的文学修养，提升少年儿童的语文水平。因此，我们特别推荐了很多经典名著作为孩子们的课外读物。

为了能够让少年儿童更好地阅读与理解经典名著中的内容，我们精心挑选了少年儿童必读的几十部经典的国外文学名著汇集成此套丛书。该系列丛书共计60本，其中包含了内容丰富的传世佳作、生动有趣的童话故事以及饱含深情的经典小说，相信少年儿童在这个五彩斑斓、琳琅满目的文学海洋中，一定能够获取更多的精神财富。

我们在编写此套丛书时，将文学巨匠的鸿篇巨制，力求在不失真的情况下，撰写成可读性更强的短篇故事，更适合少年儿童阅读。与此同时，我们还遵循了文学鉴赏性的原则，对每一部经典名著都进行了深入的剖析，深入浅出地引导少年儿童了解这些经典文学名著的精髓，让少年儿童可以更加深入地理解名著想要表达的内容和现实意义。希望我们的系列丛书可以成为少年儿童的生活伴侣，成为将来攀登事业高峰的阶梯！

目录

CONTENTS >>

快乐王子
KUAILE WANGZI

第一篇
001 ——无私的快乐王子

第二篇
026 ——巨人态度的转变

第三篇
037 ——忠实的汉斯

第四篇
067 ——不同寻常的火箭

第五篇
078 ——血玫瑰

第六篇
087 ——年轻国王的成长历程

第七篇
105 ——隆重的生日

第八篇
122 ——星孩的蜕变

第九篇
138 ——渔夫跟他的灵魂

第一篇　无私的快乐王子

名师导读

　　快乐王子看到了人们的疾苦，他想要帮助别人，可是他没法自由行动，只能向小燕子请求帮助，小燕子会答应他吗？

　　kuài lè wáng zǐ bèi zuò chéng diāo sù　　fàng zài yì gēn gāo gāo de gǎn zi shang zài
快乐王子被做成雕塑，放在一根高高的杆子上，在
zhè li tā kě yǐ qīng chu de kàn dào zhěng gè chéng shì　　tā quán shēn bèi jīn yè zi
这里他可以清楚地看到整个城市。他全身被金叶子
fù gài zhe　　yǎn jing shì yóu liǎng kē lán bǎo shí zuò chéng de　　tā shǒu zhōng ná de jiàn
覆盖着，眼睛是由两颗蓝宝石做成的，他手中拿的剑
shàng miàn hái xiāng zhe yì kē shuò dà de hóng bǎo shí
上面还镶着一颗硕大的红宝石。

　　rén men duì kuài lè wáng zǐ chēng zàn yǒu jiā　　jiù lián shì zhèng wù wěi yuán yě zhè
人们对快乐王子称赞有加，就连市政务委员也这
me xiǎng　　tā chēng zàn kuài lè wáng zǐ shuō　　tā gēn fēng biāo yí yàng měi　　měi zhōng
么想，他称赞快乐王子说："他跟风标一样美，美中
bù zú de shì quē fá le fēng biāo de zuò yòng
不足的是缺乏了风标的作用。"

快乐王子还是孩子们的榜样，一位睿智（形容人头脑聪明，很有智慧）的妈妈教导无理取闹的孩子，要向快乐王子学习。

快乐王子也能给沮丧的人们带去欢乐。在福利院孩子们的眼中，快乐王子是天使。这些孩子每天身着大红色斗篷，胸前佩戴整洁的白色围布，毕恭毕敬（毕，很，十分。形容对人的态度很有礼貌，十分尊敬）地从大教堂中走出来。

数学老师非常好奇，他们为什么要把快乐王子称为天使，于是就问道："你们能不能告诉我，你们为什么称快乐王子是天使呢？在我的记忆里，你们好像没有见过快乐王子吧？"

"老师您太聪明了，不过我们跟快乐王子在梦里见到过。"孩子们开心地回答说。数学老师向来就不喜欢孩子们做梦，听到他们这么一说，就开始不开心了。

一天晚上，一只燕子为了追随六个星期以前出发到埃及的同伴，就从城市的上空经过。他之所以没有跟同伴一起出发，是因为当时他正忙于跟一根漂亮的芦苇谈恋爱。他跟漂亮芦苇的相遇，要追溯（即"追本溯源"，比喻回顾过去的事，探求事物的本源）到早春时节了。当时，这只燕子为了追捕一只黄色的大飞蛾，就顺着河流一路飞过来，芦苇纤细的腰将他吸引住

了，于是他就停下脚步和芦苇搭讪。

燕子性格直爽，他张口就问："美丽的芦苇女士，我可以跟你恋爱吗？"芦苇并没有那么直接，而是礼貌地给他鞠躬。燕子眼看着语言不能打动芦苇，就开始行动。他用翅膀轻轻地拍打水面，并且围着芦苇飞了好几圈，芦苇依旧没有回应。燕子每天不间断地求爱，整整一个夏天就这样过去了。

其他燕子都看不下去了，提醒这只燕子说："你怎么那么傻？芦苇长得还算漂亮，但是她的家庭如此贫困，还有那么多的亲戚，你跟她在一起不合适。"这些燕子说得非常对，仔细观察水面，基本上到处都是芦苇。后来换季了，秋天到来了，其他燕子都飞走了，唯独这只燕子依旧守着芦苇。

等到燕子们都走了，这只燕子开始觉得自己非常孤独，他对于芦苇也渐渐开始感到厌倦了。因为燕子付

出了许多，可是芦苇丝毫没有回应。燕子每次跟她说话，她都没有回答过。燕子看到她跟风调情，风一来，芦苇就搔首弄姿，摆出各种魅惑的姿势，燕子甚至还以为芦苇是卖弄风情的女人。燕子也知道，芦苇是需要稳定家庭的人，可是自己却是个旅行者，总是不停地更换自己的家。

有一天，燕子终于鼓起勇气再次问芦苇："你是否能离开家，跟我一起去旅游？"芦苇对家是无比的依恋，所以就果断拒绝燕子的请求了。

燕子非常生气地说："原来这么久，你从来没有爱过我。这次我也彻底心灰意冷(形容意志消沉，非常失望，完全丧失了干劲)了，我要离开你，飞往金字塔找我的同伴，再见！"

他白天飞了一天，天黑才到达这座城市。他对这座城市非常陌生，所以暂时不知道能在哪里休息。他多么

xī wàng zhè ge chéng shì zhī dao tā de dào lái　yǐ jīng wèi tā zhǔn bèi hǎo le　yí qiè
希望这个城市知道他的到来，已经为他准备好了一切。

kuài lè wáng zǐ de diāo xiàng fēi cháng xiǎn yǎn　yàn zi yì yǎn jiù kàn dào le
快乐王子的雕像非常显眼，燕子一眼就看到了。

tā xīn xiǎng　wǒ suǒ xìng jiù zài zhè li dù guò yì wǎn ba　zhè li kōng qì qīng
他心想："我索性就在这里度过一晚吧！这里空气清

xīn　sì zhōu ān jìng　fēi cháng shì hé xiū xi　tā zài kuài lè wáng zǐ de diāo xiàng
新，四周安静，非常适合休息。"他在快乐王子的雕像

qián fēi lái fēi qù　zuì zhōng tā xuǎn zé qī xī
前飞来飞去，最终他选择栖息(停歇，暂时居住。也

zài kuài lè wáng zǐ liǎng zhī jiǎo zhōng jiān de kòng dì shang
可以指隐居)在快乐王子两只脚中间的空地上。

tā kàn zhe kuài lè wáng zǐ　bù jīn fēi cháng kāi xīn　yīn wèi tā cóng lái méi
他看着快乐王子，不禁非常开心，因为他从来没

yǒu zhù guò jīn guāng shǎn shǎn de jiā　tā duàn dìng jīn wǎn zì jǐ yí dìng huì shuì de fēi
有住过金光闪闪的家，他断定今晚自己一定会睡得非

常香。他将头放进翅膀中，做好睡觉的准备。这个时候，一大颗水珠突然滑落到他身上，他大声喊道："怎么这么倒霉，我刚准备睡觉，天空就开始下雨了？"他抬头看看天空，漆黑的天空中，到处都是星星。他非常好奇，这么晴朗的晚上，怎么可能下雨？难道北欧的天气就是跟其他地方不同吗？芦苇如果在这里，她肯定乐坏了，因为她最喜欢雨天，不过就是因为她的自私，我从此一点都不喜欢她了。

雨水一滴一滴不停地在落，燕子很好奇，为什么快乐王子的雕像如此大，依旧遮挡不住雨水呢？他决定飞到一个能够避雨的地方，好好休息一下。可是，他刚做出起飞的动作，又一滴水落了下来，刚好打在他的脑袋上，他这次抬头看到的景象，让他自己都非常的惊讶。

他看到快乐王子满眼泪水，泪珠如雨滴般不断地滑落。他英俊的面容和善良的心打动了小燕子，小燕子

jīn bu zhù kāi shǐ qù guān xīn tā
禁不住开始去关心他。

xiǎo yàn zi guān qiè de shuō　　nǐ shì shéi
小燕子关切地说：“你是谁？”

wǒ shì zhè zuò chéng shì de kuài lè wáng zǐ
“我是这座城市的快乐王子。”

kuài lè wáng zǐ wèi shén me hái yào kū ne　　nǐ de lèi shuǐ bǎ wǒ de yǔ máo
“快乐王子为什么还要哭呢？你的泪水把我的羽毛

dōu lín shī le　　xiǎo yàn zi bú jiě de shuō
都淋湿了！”小燕子不解地说。

kuài lè wáng zǐ huí dá shuō　　wǒ huó zhe de shí hou shēng huó zài wú yōu gōng
快乐王子回答说：“我活着的时候，生活在无忧宫

zhōng　　wǒ cóng lái méi yǒu liú guò yǎn lèi　　yīn wèi wú yōu gōng shì bù yǔn xǔ yǒu bēi
中。我从来没有流过眼泪，因为无忧宫是不允许有悲

shāng qíng xu de　　suǒ yǐ wǒ měi tiān dōu kāi xīn dì gēn tóng bàn xī xì　　wǎn shang
伤情绪的。所以我每天都开心地跟同伴嬉戏，晚上

zài dà tīng li biǎo yǎn tiào wǔ　　wú yōu gōng hé wài miàn gé zhe yì dǔ gāo gāo de wéi
在大厅里表演跳舞。无忧宫和外面隔着一堵高高的围

qiáng　　wǒ cóng lái méi yǒu xiǎng guò wài miàn de shēng huó huì rú hé　　wǒ zǒng shì yǐ wéi
墙，我从来没有想过外面的生活会如何，我总是以为

wài miàn yí dìng gēn gōng zhōng yí yàng kuài lè　　gōng zhōng suǒ yǒu rén dōu jiào wǒ kuài lè
外面一定跟宫中一样快乐。宫中所有人都叫我快乐

wáng zǐ　　dàn shì　　xiàn zài kàn lái wǒ de kuài lè shì xiāo jí
王子，但是，现在看来我的快乐是消极(不利的，反面

的，悲观的，不求上进的。与积极相对)

de xún huān zuò lè
地寻欢作乐。

wǒ jiù shì zài zhè yàng de huán jìng zhōng shēng huó yí bèi zi de　　wǒ sǐ le yǐ hòu
我就是在这样的环境中生活一辈子的，我死了以后，

tā men bǎ wǒ zuò chéng diāo sù　　fàng zài zhěng gè chéng shì zuì gāo de dì fang　　yě
他们把我做成雕塑，放在整个城市最高的地方。也

正是在这时，我才看到城市里各种各样的辛酸和险恶。我的心脏虽然是铅制成的，但是我的眼泪还是不停地流下来。"

小燕子看着快乐王子金光闪闪的躯体，迷惑地问道："你难道不是浑身上下都是金的吗？"虽然他不喜欢打探别人的隐私，但还是忍不住询问起来。

快乐王子并没有回答他的问题，而是细声细语地说："我看到远处一条小街的破房子里，有一个女人坐在桌旁。她看起来非常可怜，面黄肌瘦的她，拥有一双被针扎出来的发红的手。她是一位裁缝，现在正在赶制一件需要绣上西番莲的绸缎袍子，

外貌描写，这个女人如此可怜，引起了快乐王子的关注。

zhè jiàn yī fu shì gěi wáng hòu zuì piān ài de shì nǚ zhì zuò de xī wàng tā zài
这件衣服是给王后最偏爱的侍女制作的，希望她在

xià yí cì gōng tíng wǔ huì shang chuān zài zhè zuò qī hēi de wū zi de chuáng shang
下一次宫廷舞会上穿。在这座漆黑的屋子的床上，

tǎng zhe zhè wèi cái feng shēng bìng de ér zi zhè ge xiǎo hái fā shāo le tā xiǎng
躺着这位裁缝生病的儿子，这个小孩发烧了，他想

yào chī yì xiē jú zi kě shì tā de mǔ qin méi yǒu qián mǎi gěi tā chī zhǐ
要吃一些橘子。可是，他的母亲没有钱买给他吃，只

néng ràng tā hē yì xiē hé shuǐ jiě kě qīn ài de xiǎo yàn zi nǐ néng bu néng
能让他喝一些河水解渴。亲爱的小燕子，你能不能

bāng wǒ yí gè máng wǒ xiǎng yào bǎ bǎo jiàn shang de hóng bǎo shí ná xià lai sòng gěi
帮我一个忙，我想要把宝剑上的红宝石拿下来送给

tā men yǐ biàn jiě jué tā men de rán méi zhī jí běn lái zhè jiàn shì qing shì gāi
她们，以便解决她们的燃眉之急。本来这件事情是该

我自己做的，但是无奈我的脚被固定住了，没有办法行走，所以现在唯一的办法就是你代替我去跑一趟。"

"这个忙恐怕我帮不了你，我还要赶快启程，去找我的同伴们呢。他们已经到达尼罗河上空了，我能想象他们现在一定在跟白睡莲讲话，并且他们一定计划去国王的墓穴中休息。而国王则身裹浅黄色的亚麻布，浑身涂满防腐香料，脖子上戴着价格不菲

（不低，非常高，常常用来形容价格昂贵）的翡翠项链，躺在棺材里面，他的手已经干枯得没有一点水分了。"

"亲爱的小燕子，您能晚一天启程吗？我恳求您做我一天的信使，我们共同帮助那个可怜的母亲和她的孩子。你难道就不同情她们吗？"

"其实，我真的不喜欢小男孩。去年夏天，我差点因为两个粗野的男孩断送性命。我当时在河上玩耍，磨坊主的儿子捡起石头就朝我扔了过来，不过还好我的

反应速度快，这才得以脱身。经过这件事情以后，我就

觉得小孩子都是非常没有礼貌的，也就因此讨厌小孩

子了。"小燕子说。

听到小燕子这样回答，快乐王子非常不开心。小

燕子不想让快乐王子因为这件小事而不开心，就说：

"你不用难过，我帮你就是了。虽然这里很冷，但是我

还是慷慨(大方，不小气)地为王子您做一夜信使吧！"

快乐王子有礼貌地说："你能答应我，实在是太好

了，谢谢你！"

小燕子按照快乐王子的指示，将宝剑上的红宝石

衔在嘴里，飞过千家万户的房顶。

他经过教堂的屋顶，那儿有天使的雕塑。他经过国

王的王宫，那里歌舞升平。他还听到一对恋人的窃窃

私语，男的轻声对自己的女朋友说："你看今晚的星

空多么漂亮，这刚好证明了我们的爱情多么伟大！"

少女也开口讲道："我现在满脑子都在惦记我的那件衣服，那个裁缝干活总爱磨蹭，不知道能否如期（按期，准时，没有拖延时间）赶制成功，我还让她在衣服上加了一朵西番莲，希望她不要偷懒。"

小燕子最终到达了目的地，他顺着光线向屋内望去，看到小男孩脸蛋红红的，在床上翻来覆去，似乎还没有入睡。他的母亲因为过于劳累，已经熟睡了。他听从快乐王子的安排，将红宝石放在桌子上显眼的位置。看着可怜的小男孩，小燕子似乎同情起来了，他站在小男孩身旁，用翅膀为小男孩扇风，希望他能够舒服一些。于是，小男孩缓缓睡去。

小燕子很快跟快乐王子碰面了，他将这一切都告诉快乐王子，并且感慨地说："我本以为北欧很冷，不过这一趟走下来，似乎感觉温暖许多。"

快乐王子分析说："你理解错了，不是路程让你觉

得温暖，是人心，因为你做了一件好事。"小燕子一边回味着王子的话，一边慢慢睡去了，因为他不喜欢去思考问题。

天刚蒙蒙亮，小燕子就飞去河里清洗羽毛了。这个画面刚好被从桥上经过的鸟类学家发现了，在鸟类学家眼里，这个季节看到小燕子就是一件稀奇的事情，因为小燕子应该早早就迁徙到温暖的地方了。他于是写了一篇文章，在报刊上发表。

现在，小燕子无论飞到哪里，都有很多人称赞他。

他飞到公共纪念碑，停留在教堂的尖塔上，听到围观

的人指指点点（对别人妄加评论，说三道四）说："这

就是那只上报纸的小燕子，现在可大有名气呢！"小燕

子听到别人赞美自己，无比开心，他对围观的人说："我

今晚就要离开了，我要去埃及跟我的同伴会合。"

月亮已经缓缓从西方升起来了，小燕子打算过来

跟快乐王子告别，他说："我今晚就要离开了，终于可以

去埃及跟朋友见面了，等到了埃及之后，你有什么需要

帮忙的吗？"

"亲爱的小燕子，你能不能再做我一晚上的信使？"

快乐王子再次说。

"我也想做您的信使，但是如果我明天不能跟他们

见面的话，他们就离开埃及飞到第二大瀑布了。"

"亲爱的小燕子，我又看到一个可怜的年轻人。他

是靠写剧本来维持生计（指生活的状况。也可以指为了生存而想出的办法）的，他的桌子上堆满了剧本，周围放着一盆枯萎的紫罗兰。他非常年轻也非常有才华，可是他却写不下去了，因为他没有钱买碳取暖，也没有钱吃饭。他整个人都蜷作一团，又饿又冷的。"快乐王子深情地说。

听到快乐王子这样说，小燕子心软了，于是决定再陪伴快乐王子一晚上。他不知道自己的任务是什么，于是就询问说："这次你打算怎么做？"

"你把我用稀有蓝宝石做成的眼睛挖下来，这两颗蓝宝石价值连城，是一千年前从印度买来的。我希望

语言描写，为了帮助年轻人，快乐王子愿意献出自己的双眼，说明他非常善良。

你能帮我取下来，给这个年轻人送过去。我相信蓝宝石换来的钱足以帮他渡过这个难关，那么他就可以准时交出剧本了。"

小燕子伤心地哭着说："我恐怕不能按照您说的做，没有眼睛就没办法生活了。"

"亲爱的小燕子，你不要伤心，我要这些装饰品也没什么用，送给需要的人才更能发挥它们的价值。"

小燕子难以拒绝，就按照快乐王子的吩咐取下了他的一只眼睛。他很快找到了这位年轻人家里，并且通过他家房顶的窟窿成功钻了进去。年轻人正在沮丧地哽咽(指哭泣时无法痛快地发出声音)，听到鸟儿的声音就抬头观察，他并没有看到小燕子，而是发现了放在桌子上的蓝宝石。他开心地叫道："上帝相信我的能力，开始帮助我了。现在我可以有足够的生活条件，支撑我完成创作了。"

第二天，小燕子闲来无事，来到港口玩耍。他大声地跟那些搬运工说着，自己很快就要到埃及去了，可是并没有人去关心他，燕子沮丧地飞回到快乐王子的身边。

他故意用响亮的声音说："王子，很抱歉我不能继续陪伴您了，我要准备出发了。"

"亲爱的小燕子，我多么希望你能再陪我一晚上。"快乐王子哀求地说。

"冬天就要到来了，我如果继续待在这里会被冻死的。但是，埃及现在正值春天，阳光明媚、绿草如茵，非常适合我们生活。我还可以跟我的朋友碰面，我相信那里现在一定一片祥和。王子，您请放心，无论我走到哪里，我都不会忘记您。并且我还向您承诺，明年春天我飞回来的时候，我一定给您带回来两颗蓝宝石，这样您就可以重见光明了。"

"我们脚下的广场上，站着一位可怜的小女孩。她的火柴本来是要拿来卖的，可是一不小心掉进水沟里了。现在火柴卖不出去，她赚不到钱就不能回家，不然她的父亲会打死她的。她衣衫褴褛（衣服破破烂烂）地坐在街边痛哭，如果你能将我的另一只蓝宝石眼睛送给她，我相信她立刻就会绽放笑容。"

"好吧！我再给您做一晚上信使。不过，我绝对不会同意摘掉您的最后一只眼睛。"

"亲爱的小燕子，你要相信我，就按照我说的做好吗？"

小燕子无奈之下，只好取下快乐王子的最后一只眼睛。小燕子迅速飞到卖火柴的小女孩身旁，并且成功将蓝宝石放入她的手中。小女孩感慨地说："这块彩色的玻璃真好看！"她就这样一路开心地回家了。

"可怜的王子，您现在什么都看不到了，我决定留下来做您的信使。"小燕子返回王子身旁说。

"亲爱的小燕子，我没事的。你一定要去埃及，不用管我的。"

小燕子嘴里嘟囔（小声地自言自语，以表达不满的情绪）着永远陪在王子身边，然后就慢慢睡去了。

第二天白天，小燕子哪里都没有去，而是选择陪伴在王子身边。他为了安慰双目失明的王子，就趴在王子的耳边，给王子讲解自己在迁徙过程中遇到的趣事。

kuài lè wáng zǐ míng bai xiǎo yàn zi shì zhēn xīn guān xīn zì jǐ jiù duì xiǎo yàn
快乐王子明白小燕子是真心关心自己，就对小燕

zi shuō qīn ài de xiǎo yàn zi wǒ méi shì de wǒ xiàn zài zuì guān xīn de shì hái
子说："亲爱的小燕子，我没事的，我现在最关心的是还

yǒu duō shao rén zhèng zài zāo shòu kǔ nàn wǒ xī wàng nǐ kě yǐ tì wǒ zài chéng shì
有多少人正在遭受苦难。我希望你可以替我在城市

shàngkōng xún luó bǎ nǐ jiàn dào de dōu gào su wǒ
上空巡逻，把你见到的都告诉我。"

xiǎo yàn zi àn zhào kuài lè wáng zǐ de zhǐ shì zài chéng shì shàngkōng fēi lái fēi
小燕子按照快乐王子的指示，在城市上空飞来飞

qù tā kàn dào fù rén fēi cháng huì xiǎng lè ér qióng rén zé zài fù rén jiā mén kǒu
去，他看到富人非常会享乐，而穷人则在富人家门口

qǐ tǎo tā kàn dào liǎng gè wú jiā kě guī de kě lián xiǎo nán hái zuò zài lěngfēngzhōng
乞讨。他看到两个无家可归的可怜小男孩坐在冷风中

瑟瑟发抖(因寒冷或害怕而不停地颤抖),巡逻的人还在不停地赶他们走。

他将自己看到的一切,原原本本地全部告诉了快乐王子。

快乐王子心系穷人,急忙说:"我身上到处都是金片,你把这些都取下来,送给那些穷人,这正是他们需要的。"

小燕子知道反对没有用,于是就乖乖地取下这些金片。没有宝石和金片装点的王子,显得毫无光彩。但是收到这些金片的穷人,吃住都不用发愁了,他们都在开心地笑着。

冬天到来了,下雪是习以为常(因为事情太常见,已经习惯了,不感到奇怪)的事情。天气在慢慢变冷,到处可见霜冻。人们外出的时候都穿着厚厚的衣服,在外面待上一两个小时就会冻出病的。

xiǎo yàn zi bú shì yìng zhè me lěng de tiān qì　　tā xiàn zài jī hán jiāo pò　dàn
小燕子不适应这么冷的天气，他现在饥寒交迫，但

shì tā yòu bú yuàn yì lí kāi wáng zǐ　　tā wèi le zhǎo dào chī de wéi chí shēngmìng
是他又不愿意离开王子。他为了找到吃的维持生命，

jiù tōu tōu qù miàn bāo diàn jiǎn yì xiē miàn bāo xiè　yī kào bú duàn yùn dòng lái wēn nuǎn
就偷偷去面包店捡一些面包屑，依靠不断运动来温暖

shēn tǐ
身体。

tā zhī dao zì jǐ shòumìngjiāng jìn le　　yú shì pīn jìn zuì hòu le lì qi fēi dào
他知道自己寿命将尽了，于是拼尽最后了力气飞到

wáng zǐ shēnbiān　xū ruò de shuō　　qīn ài de kuài lè wáng zǐ　　wǒ yào hé nǐ shuō
王子身边，虚弱地说："亲爱的快乐王子，我要和你说

zài jiàn le
再见了！"

快乐王子毫不知情："你能去埃及，我为你感到开心。你就要离开我了，为了感谢这些天你对我的帮助，我要亲吻一下你。"

小燕子悲伤地说："我并不是要去埃及跟同伴会合，我要去的是天堂。"说完这句话，小燕子亲吻了快乐王子，死在了他脚下。

这个时候，快乐王子的雕像也发出了一声巨响，原来是王子用铅铸成的心破裂了。

第二天上午，市长过来参观广场。他看到快乐王子的雕塑如此黯淡无光，严重影响整个市的形象，于是提议将快乐王子的雕像更换成自己的。随行的人员急忙附和(应和、追随别人的发言或行动。通常用作贬义词)说："这样再好不过。"

大学艺术教授也支持市长的观点，因为他觉得雕像就应该具有美感，绝对不允许没有美感的东

xī cún zài
西存在。

kuài lè wáng zǐ de diāo xiàng bèi xiāng guān bù mén fàng rù huǒ lú zhōng kě shì qiān
快乐王子的雕像被相关部门放入火炉中，可是铅

zhù chéng de xīn què wú fǎ róng huà　tā men méi yǒu bàn fǎ　zhǐ hǎo jiāng zhè kē xīn
铸成的心却无法融化，他们没有办法，只好将这颗心

hé xiǎo yàn zi de shī tǐ fàng zài yì qǐ
和小燕子的尸体放在一起。

shàng dì fēn fu shēn biān de tiān shǐ　zài rén jiān xún zhǎo liǎng jiàn zhēn guì de dōng
上帝吩咐身边的天使，在人间寻找两件珍贵的东

xī　tiān shǐ jiù jiāng wáng zǐ de xīn hé xiǎo yàn zi de shī tǐ dài lái le
西，天使就将王子的心和小燕子的尸体带来了。

shàng dì fēi cháng gāo xìng　jiù ràng xiǎo yàn zi zài zì jǐ de huā yuán li gē chàng
上帝非常高兴，就让小燕子在自己的花园里歌唱，

ràng kuài lè wáng zǐ dāi zài zì jǐ de jīn chéng zhōng chēng zàn zì jǐ
让快乐王子待在自己的金城中称赞自己。

名师点拨

　　快乐王子为了帮助别人，献出了自己宝剑上的宝石、自己的眼睛和自己身上的金片。虽然最后他变得黯淡无光，却帮助了很多人，为别人解决了生活问题，这种精神值得我们学习。

第二篇　巨人态度的转变

名师导读

　　有一个巨人，脾气很坏，他非常讨厌孩子们到他的花园里玩耍，所以他的花园里一直都是冬天。那他要怎么做，春天才会到来呢？

　　jù rén de huā yuán shì hái zi men fēi cháng xǐ huan de dì fang　tā men měi tiān
巨人的花园是孩子们非常喜欢的地方，他们每天

fàng xué dōu xǐ huan dào zhè li wánshuǎ
放学都喜欢到这里玩耍。

　　zhè ge huā yuán fēi cháng piào liang　yuàn zi li dào chù dōu shì lǜ yōu yōu de qīng
这个花园非常漂亮，院子里到处都是绿油油的青

cǎo　měi lì de huā duǒ xīng xīng diǎn diǎn
草，美丽的花朵星星点点(形容数量繁多，而且呈分

散遍布的状态)de sàn bù zài cǎo cóngzhōng jiān　yuàn zi li de shí èr zhū
地散布在草丛中间。院子里的十二株

táo shù fù jìn fēi cháng rè nao chūn tiān yǒu hú dié guò lai cǎi jí huā fěn　qiū tiān yǒu
桃树附近非常热闹，春天有蝴蝶过来采集花粉，秋天有

shuò dà de guǒ shí kě yǐ cǎi zhāi　xiǎo niǎo yě xǐ huan zài zhè li qī xī　tā men
硕大的果实可以采摘。小鸟也喜欢在这里栖息，它们

还总是时不时唱出动听的歌曲，吸引院子里玩耍的小孩子们前来观看。

七年之后的一天，巨人突然回来了。这七年时间，他都待在他的朋友康沃尔郡的家里。康沃尔郡是食人魔鬼，但是巨人和他是最要好的朋友，他们在一起的七年时间，巨人把自己想说的话都说完了，这才决定离开他的朋友回到自己的家里。他一进门，就看到在他家花园里嬉戏的小孩子。

"你们这群孩子，怎么跑到我家里来了？"巨人生气地说，孩子们顿时吓跑了。

"你们这群小孩，难道不知道我的花园是不允许随便进入的吗？你们难道没有看到门口的警示牌吗？"巨人接着说。

语言描写，因为巨人这么凶，才把孩子们吓跑了，也就引出了后面的故事。

原来巨人为了防止其他人进入自己的花园，特意在花园四周盖了一堵高高的墙，并且还挂上显眼的警示牌："闲人一律不准入内。"

我需要告诉大家的是，巨人是非常自私的人。

刚刚被赶出去的小孩们不知道去哪里玩耍。他们觉得大路上太不安全

了,到处都是车,并且还有尘土和石块。每天放学后,

他们都在巨人的花园附近转悠,希望可以找机会溜

进花园里玩耍,因为花园对他们而言,的确非常美丽。

春天时节,这里到处都是鸟语花香、春意盎然(形

容春天到来,一片生机勃勃、万物复苏的景象)的景

象,但是唯独巨人的花园还停留在冬季。小孩子不来

花园里玩耍了,鸟儿也不再唱歌了,所有的花草树木

都忘记春天到来了,依旧在地下呼呼睡大觉。

雪和霜开心地叫着,因为它们不用担心春天到

来而无家可归了,它们可以一年四季都待在这个花园里。

它们把花园装扮得一片雪白,并且还邀请风和冰

雹来花园做客。北风把烟囱都吹倒了,冰雹把瓦砾都

砸碎了,它们就这样肆无忌惮(指随意行动,什么也不

怕。形容毫无顾虑,目中无人的样子)地在花园里玩耍。

巨人听着窗外寒风凛冽(表示非常寒冷。多用于

形容冬季的寒风），感慨道："为什么今年的冬天如此漫长？春天到底什么时候才来？"

春天和夏天就这样不知不觉地过去了，秋天是果实成熟的季节，但是巨人的花园却一个果子都没有。秋天也抱怨巨人太自私，不愿把果实带给他，巨人的花园只有寒风、冰雹、雪和霜。

一天早上，巨人还躺在床上取暖，一阵美妙的音乐传入他的耳中。他已经好久没有听到音乐了，所以他还以为是国王的乐队在游行。事实上，只不过是一只小麻雀在他家窗台唱歌。歌声赶走了北风、冰雹、霜冻和雪，花香也飘进屋中。巨人坚信一定是春天到来了，立刻跳下床，向窗外望去。

他看到一幅和谐的画面。小孩子们通过墙上的小洞轻而易举地进入花园，他们正开心地在树枝上玩耍。他看到每个小孩都围着一棵树玩耍，

huā cǎo shù mù kàn dào hái zi men chóng xīn fǎn huí huā yuán fēi cháng de kāi xīn
花草树木看到孩子们重新返回花园，非常的开心，

dōu biǎo xiàn chū yí pài xīn xīn xiàng róng
都表现出一派欣欣向荣(指草木茂盛，富有生机的样

子，也可以用来形容事业正处于良好发展的状态)de 的

jǐng xiàng xiǎo niǎo yě kāi xīn dì gē chàng qǐ lai dàn shì huā yuán de yí gè
景象。小鸟也开心地歌唱起来，但是花园的一个

jiǎo luò li què yī jiù shì dōng tiān bìng qiě hái yǒu yí gè xiǎo nán hái yīn wèi
角落里却依旧是冬天，并且还有一个小男孩因为

gè zi tài ǎi wú fǎ pá dào shù shang ér kū qì tā shēn páng de shù zài
个子太矮，无法爬到树上而哭泣。他身旁的树在

jìn lì de yā dī shù zhī kě shì yī jiù méi yǒu chéng gōng
尽力地压低树枝，可是依旧没有成功。

巨人看到这一幕，感慨地说："我之前是有多么自私呀！现在我终于明白为什么我的花园总是停留在冬季了。我要改变自己，我要帮助这个小男孩爬到树上，我要让那堵阻碍孩子们玩耍的墙消失。"他觉得自己之前简直就是个混蛋。

他匆匆忙忙跑到楼下，穿过几扇门到达花园里，正在玩耍的孩子们看到巨人出现，立马就逃跑了。花园里又重新回到冬天的景象，但是奇怪的是，那个个子最矮的小男孩依旧在原地哭泣。原来是因为眼泪模糊了视线，他才没有看到巨人的到来。巨人走到他身后，温柔地抱起他，并把他放到树上。这棵树立马就变回春天的样子，小鸟也飞到这棵树上唱歌。小男孩有礼貌地亲吻着巨人，其他的小孩藏在墙后面，他们看到巨人的态度有了明显的转变，就都再次跑入花园中玩耍。

春天也再次降临这个花园，巨人移除了围墙，并且叮嘱孩子们可以随时到花园里玩耍。周围的大人们看到这种场景，都非常惊讶！

孩子们在花园里开心地玩了一天，太阳马上就要下山了，孩子们纷纷向巨人告别。

巨人非常喜欢个子最矮的那个小男孩，但是他好久都没有看到这个小男孩的身影，于是，他着急地问其他小男孩说："上次亲吻过我的那个小男孩，他怎么没有和你们一起过来，你们知道他去哪里了吗？"

孩子们回答不一，有的说压根儿没见过，有的说这个小男孩已经走了。

巨人只好叮嘱他们说："你们明天可以叫上他一起来玩，这可是我分配给你们的任务哟！"孩子们其实根本就不知道这个小男孩住在哪里，之前也没有见过这个小男孩，巨人听了非常失望。

hái zi men měi tiān fàng xué hòu　　dōu huì zhǔn shí lái dào jù rén de huā yuán li
孩子们每天放学后，都会准时来到巨人的花园里

wán shuǎ　　jù rén yě fēi cháng xǐ huan zhè xiē hái zi　　dàn shì tā xīn zhōng zǒng xiǎng
玩耍，巨人也非常喜欢这些孩子，但是他心中总想

qǐ nà ge qīn wěn tā de gè zi zuì ǎi de xiǎo nán hái　　tā fēi cháng xiǎng zài cì
起那个亲吻他的个子最矮的小男孩，他非常想再次

jiàn dào tā
见到他。

rì zi zài yì tiān tiān liú shì　　jù rén de shēn tǐ yě zhú jiàn shuāi lǎo　　tā zhǐ
日子在一天天流逝，巨人的身体也逐渐衰老，他只

néng zuò zài huā yuán li kān hái zi men wán shuǎ le
能坐在花园里看孩子们玩耍了。

yí gè dōng tiān de zǎo shang tā yì biān chuān yī fu　　yì biān xiàng chuāng wài
一个冬天的早上，他一边穿衣服，一边向窗外

wàng qù。 tā zhī dao， dōng tiān hěn kuài huì bèi chūn tiān suǒ tì dài
望去。他知道，冬天很快会被春天所替代。

běn lái huā yuán li dào chù dōu yīng gāi bèi bái xuě suǒ fù gài， dàn shì tā què qīng
本来花园里到处都应该被白雪所覆盖，但是他却清

chu de kàn dào， yǒu yì kē shù shang kāi mǎn le huā duǒ， bìng qiě shù xia zhàn lì de nà
楚地看到，有一棵树上开满了花朵，并且树下站立的那

ge xiǎo nán hái zhèng shì tā rì sī yè xiǎng
个小男孩，正是他日思夜想（白天和夜里都想着。形

de xiǎo nán hái
容人对某事非常想念）的小男孩。

jù rén kāi xīn dì xiàng huā yuán pǎo qù， dāng tā zǒu jìn xiǎo nán hái de shí hou，
巨人开心地向花园跑去，当他走近小男孩的时候，

fēi cháng shēng qì， yīn wèi tā fā xiàn xiǎo nán hái de liǎng zhī xiǎo shǒu hé xiǎo jiǎo dōu yǒu
非常生气，因为他发现小男孩的两只小手和小脚都有

dīng hén
钉痕。

nǐ bú yào hài pà， dà dǎn gào su wǒ shì shéi shāng hài nǐ le， wǒ yí dìng
"你不要害怕，大胆告诉我是谁伤害你了，我一定

tì nǐ bào chóu。 jù rén dà shēng hǎn dào
替你报仇。"巨人大声喊道。

méi yǒu rén shāng hài wǒ， yí qiè dōu shì yīn wèi ài。 xiǎo nán hái tǎn
"没有人伤害我，一切都是因为爱。"小男孩坦

rán de shuō
然地说。

nǐ jiū jìng shì shéi？ jù rén yǒu xiē bú jiě de wèn dào
"你究竟是谁？"巨人有些不解地问道。

xiǎo nán hái yǒu lǐ mào de huí dá shuō： zhī qián， nǐ shōu liú wǒ zài nǐ de huā
小男孩有礼貌地回答说："之前，你收留我在你的花

yuán li wán shuǎ， xiàn zài wǒ yào dài nǐ qù wǒ de huā yuán li zuò kè， wǒ de huā yuán
园里玩耍，现在我要带你去我的花园里做客，我的花园

快乐王子
KUAILE WANGZI

jiù zài tiān táng
就在天堂。"

zhè tiān xià wǔ hái zi men fàng xué lái dào huā yuán fā xiàn jù rén ān xiáng de
这天下午,孩子们放学来到花园,发现巨人安详地

tǎng zài dì shang sǐ qù le tā de shēn shang sǎ mǎn le bái sè de xiǎo huā
躺在地上死去了,他的身上洒满了白色的小花。

名师点拨

在巨人自私自利的时候,他的花园里只有冬天。当他对孩子们友善起来,让孩子们进花园里玩的时候,春天来到了他的花园。只有和别人分享快乐,我们才会获得更多的快乐。

第三篇　忠实的汉斯

名师导读

　　小汉斯和磨坊主是好朋友，可是小汉斯一直为磨坊主做这做那，最后连命都丢了，这是怎么回事呢？

yì tiān zǎo shang lǎo shuǐ shǔ shuì xǐng le　zhǔn bèi chū lai guàngguang　tā zhǎng de
一天早上，老水鼠睡醒了，准备出来逛逛。他长得

fēi cháng jī ling　yǒu dà dà de yǎn jing chángcháng de hú xū hé wěi ba　tā kàn dào
非常机灵，有大大的眼睛，长长的胡须和尾巴。他看到

yì qún yā zi zài chí táng li liàn xí yóuyǒng　zhè xiē yā zi kàn shàng qu yí gè gè jīn
一群鸭子在池塘里练习游泳，这些鸭子看上去一个个金

guāngshǎnshǎn　tā men de mā ma zhèng zài nài xīn dì jiāo tā men liàn xí shuǐshang dào lì
光闪闪，他们的妈妈正在耐心地教他们练习水上倒立。

yā mā ma bù tíng de jiū zhèng zhe tā men de dòng zuò　bìng qiě zuǐ li hái fǎn fù
鸭妈妈不停地纠正着他们的动作，并且嘴里还反复

qiángdiào zhe　xué bú huì dào lì de yā zi　jiù bié xiǎng zài shàng liú shè huì hùn
强调着："学不会倒立的鸭子，就别想在上流社会混。"

xiǎo yā zi men gēn běn jiù bù lǐ jiě mā ma shuō de shì shén me yì si　suǒ yǐ yī jiù
小鸭子们根本就不理解妈妈说的是什么意思，所以依旧

在我行我素(行，做。素，平素，平常。不论他人的意见如何，
^{zài wǒ xíng wǒ sù}

始终坚持自己一贯的想法去做事，形容很有主见)地练习。
^{de liàn xí}

老水鼠看着小鸭子们就非常生气，他大声说道：
^{lǎo shuǐ shǔ kàn zhe xiǎo yā zi men jiù fēi cháng shēng qì　tā dà shēng shuō dào}

"没出息的家伙，就让他们在水中淹死好了！"
^{méi chū xi de jiā huo　jiù ràng tā men zài shuǐ zhōng yān sǐ hǎo le}

鸭妈妈听不下去，就替自己的孩子解围(帮助别人
^{yā mā ma tīng bu xià qu　jiù tì zì jǐ de hái zi jiě wéi}

解除困境或窘境)说："做家长的要有耐心，他们还小，
^{shuō　zuò jiā zhǎng de yào yǒu nài xīn　tā men hái xiǎo}

tiáo pí shì bì miǎn bù liǎo de
调皮是避免不了的。"

nǐ shuō de fēi cháng duì   wǒ dāng rán bù zhī dao wéi rén fù mǔ de xīn
"你说得非常对，我当然不知道为人父母的心

qíng   bì jìng wǒ hái méi yǒu chéng jiā ne   dàn shì   wǒ yì diǎn dōu bù xiǎng jié
情，毕竟我还没有成家呢！但是，我一点都不想结

hūn   wǒ jué de yǒu qíng bǐ   ài qíng yào gèng kě kào   yǒu qíng cái shì zuì zhēn guì
婚，我觉得友情比爱情要更可靠，友情才是最珍贵

de qíng gǎn   qí tā de rèn hé gǎn qíng dōu méi fǎ gēn yǒu qíng xiāng bǐ jiào
的情感，其他的任何感情都没法跟友情相比较。"

zhàn zài tā men shēn páng de zhū dǐng què zhè ge shí hou shuō huà le   tā wèn lǎo
站在他们身旁的朱顶雀这个时候说话了，他问老

shuǐ shǔ   jì rán nǐ rèn wéi yǒu qíng zhòng yào   nà me wǒ lái kǎo kao nǐ   zuò wéi
水鼠："既然你认为友情重要，那么我来考考你，作为

yí gè zhōng shí de péng you dōu yīng gāi lǚ xíng nǎ xiē yì wù ne
一个忠实的朋友都应该履行哪些义务呢？"

yā mā ma yì biān zài shuǐ zhōng gěi hái zi men xué zhe dào lì   yì biān hào qí de
鸭妈妈一边在水中给孩子们学着倒立，一边好奇地

shuō   wǒ yě fēi cháng xiǎng zhī dao zhè ge wèn tí de dá àn
说："我也非常想知道这个问题的答案。"

lǎo shuǐ shǔ zì zuò cōng míng de huí dá shuō   nǐ zhè ge wèn tí shí zài tài xiǎo
老水鼠自作聪明地回答说："你这个问题实在太小

ér kē le   zhōng shí de péng you dāng rán yào duì wǒ zhōng shí le
儿科了，忠实的朋友当然要对我忠实了。"

yì páng de xiǎo niǎo yě zháo jí de wèn dào   rú guǒ péng you duì nǐ zhōng shí
一旁的小鸟也着急地问道："如果朋友对你忠实

le   nǐ dǎ suan zěn me huí bào péng you ne
了，你打算怎么回报朋友呢？"

lǎo shuǐ shǔ bèi wèn zhù le　　tā bù míng bai xiǎo niǎo de yì si　　zhū dǐng què jué
老水鼠被问住了，他不明白小鸟的意思。朱顶雀决

dìng tōng guò jiǎng yí gè gù shi ràng lǎo shuǐ shǔ míng bai
定通过讲一个故事让老水鼠明白。

lǎo shuǐ shǔ yì tīng dào yào jiǎng gù shi　　xīng fèn de shuō　　shì bu·shì gēn wǒ
老水鼠一听到要讲故事，兴奋地说："是不是跟我

yǒu guān de gù shi　　wǒ zuì xǐ huan tīng bié ren gěi wǒ jiǎng gù shi le　　gǎn kuài kāi
有关的故事？我最喜欢听别人给我讲故事了，赶快开

shǐ ba
始吧！"

zhū dǐng què lǐ mào de huí dá shuō　　bú shì shén me shì qing dōu huì gēn nǐ chě
朱顶雀礼貌地回答说："不是什么事情都会跟你扯

shàng guān xi de　　wǒ zhǐ shì jué de wǒ yào jiǎng de zhè ge gù shi lǐ bian de zhé lǐ
上关系的，我只是觉得我要讲的这个故事里边的哲理

bǐ jiào shì hé nǐ
比较适合你。"

zhū dǐng què qīng guò sǎng zi zhī hòu kāi kǒu shuō yǐ qián yǒu gè chéng shi
朱顶雀清过嗓子之后，开口说："以前，有个诚实

de xiǎo nán hái tā de míng zi jiào hàn sī
的小男孩，他的名字叫汉斯。"

lǎo shuǐ shǔ fēi cháng guān xīn hàn sī de wài xíng tā zhuī wèn dào tā hěn
老水鼠非常关心汉斯的外形，他追问道："他很

shuài ma
帅吗？"

zhū dǐng què huí dá shuō wǒ bìng bù jué de tā fēi cháng shuài qì dàn shì
朱顶雀回答说："我并不觉得他非常帅气，但是

tā de shàn liáng què fēi cháng dǎ dòng wǒ tā zhǎng zhe yì zhāng kě ài de yuán
他的善良却非常打动我。他长着一张可爱的圆

liǎn zì jǐ jū zhù zài yì jiān fēi cháng xiǎo de máo cǎo wū li tā yōng yǒu zì
脸，自己居住在一间非常小的茅草屋里，他拥有自

jǐ de huā yuán bìng qiě tā de huā yuán shì zhōu wéi zuì piào liang de tā zhòng
己的花园，并且他的花园是周围最漂亮的。他种

zhe gè shì gè yàng de huā bù tóng de jì jié zǒng shì yǒu bù tóng de huā kāi fàng
着各式各样的花，不同的季节总是有不同的花开放，

huā xiāng bú duàn
花香不断。"

xiǎo hàn sī de péng you fēi cháng duō zuì zhōng shí de yīng dāng shǔ mò fáng zhǔ
小汉斯的朋友非常多，最忠实的应当属磨坊主

dà xiū le zhī suǒ yǐ shuō mò fáng zhǔ shì zuì zhōng shí de péng you shì yīn wèi tā
大休了。之所以说磨坊主是最忠实的朋友，是因为他

měi cì dào xiǎo hàn sī jiā li zǒng shì fēi cháng bú kè qi tā kàn dào měi lì de huā
每次到小汉斯家里总是非常不客气，他看到美丽的花

举例说明磨坊主是一个什么样的人。

朵就据为己有，看到有用的药材就急忙拿走，看到成熟的果子更是边吃边拿。

磨坊主经常教导小汉斯说："好朋友就应该互通有无。"小汉斯也为自己交到一位如此伟大的朋友而感到自豪。

但是，邻居们却实在看不下去，因为他们总是看到磨坊主从小汉斯家里拿走东西，却从来没有见过他给小汉斯送过什么东西。磨坊主是当地的有钱人，他拥有非常多的面粉、奶牛和羊。但是，小汉斯却从来没有想过向磨坊主要这

些东西,尽管他非常需要。在他心中,磨坊主口中的友谊才是最珍贵的。

小汉斯没日没夜地在自己的花园里劳动,他非常喜欢春天、夏天和秋天,但是他一点都不喜欢冬天,因为冬天他就没有生活来源了。冬天没有鲜花和果实能够采摘,他也就没有办法去市场上卖东西。他挨饿受冻,只能靠少量的食物维持生命。在他最需要帮助的

shí hou   mò fáng zhǔ què cóng lái dōu bú huì chū xiàn
时候，磨坊主却从来都不会出现。

mò fáng zhǔ yì zhèng cí yán
磨坊主义正词严(义指道理，词指语言。形容一

个人用严肃有力的语言，来阐述充分正当的道理)地

duì tā de qī zi shuō   wǒ men yào xué huì zūn zhòng qí tā rén   yuè shì
对他的妻子说："我们要学会尊重其他人，越是

zài bié ren yù dào kùn nan de shí hou   wǒ men jiù yuè bù néng tí gōng bāng
在别人遇到困难的时候，我们就越不能提供帮

zhù   wǒ men yào ràng tā lěng jìng yí xià   děng dào dōng qù chūn lái   wǒ zài
助。我们要让他冷静一下，等到冬去春来，我再

qù kàn wàng xiǎo hàn sī   dào shí hou wǒ yí dìng yào dài xǔ duō yíng chūn huā
去看望小汉斯，到时候我一定要带许多迎春花

huí lai   zhè yàng de huà   xiǎo hàn sī bì dìng huì fēi cháng gāo xìng
回来，这样的话，小汉斯必定会非常高兴。"

tā de qī zi shū fu de zuò zài tàn huǒ páng de yáo yǐ shang chēng zàn tā shuō
他的妻子舒服地坐在炭火旁的摇椅上，称赞他说：

nǐ zhēn de fēi cháng shàn jiě rén yì   nǐ duì yǒu yì de lǐ jiě zhēn shì tài shēn hòu
"你真的非常善解人意，你对友谊的理解真是太深厚

le   wǒ nìng yuàn tīng nǐ jiǎng yǒu yì   dōu bù xiǎng qù tīng mù shī jiǎng jīng le
了，我宁愿听你讲友谊，都不想去听牧师讲经了。"

mò fáng zhǔ de xiǎo ér zi kàn bu guò qu le   jiù xiàng bà ba tí yì shuō
磨坊主的小儿子看不过去了，就向爸爸提议说：

wǒ men kě yǐ bāng zhù xiǎo hàn sī   yīn wèi tā xiàn zài shì zuì xū yào bāng zhù
"我们可以帮助小汉斯，因为他现在是最需要帮助

de shí hou   wǒ men bú yòng zuò xǔ duō   zhǐ xū yào bǎ wǒ men de bái zhōu fēn
的时候，我们不用做许多，只需要把我们的白粥分

给他喝一些，然后顺便让他看看我的

小白兔。"

磨坊主生气地说："你怎么那么蠢，你上学到底学了些什么？怎么越来越笨了。无论如何我坚决不同意接小汉斯来我们家，你想他现在正值穷困潦倒的时候，如果他看到我们生活得富裕快乐，必定会产生嫉妒。嫉妒可不是一种好品质，我当然不允许我的朋友心怀嫉妒。我不同意接小汉斯过来当然还有其他原因，那就是我不愿意他借用我们的面粉，友谊和金钱还是要区分开来的。

语言描写，磨坊主对别人和对自己完全是两个标准，虚伪又狡诈。

字母的不同组合都能表达不同的意

思，所以这些当然不能混为一谈。"

磨坊主的妻子一边喝着热乎乎的麦芽酒，一边不停地称赞自己的丈夫，几乎马上就要睡着了。

磨坊主听到妻子的称赞，更加自信了，他大声说："说话和做事是两码事，但是有时候高明地说话可以少做许多事情。"他看到小儿子已经惭愧地低下了头，所以就没有再计较什么，而是原谅他了。

老水鼠疑惑地说："难道故事就这样结束了吗？"

朱顶雀解释说："你怎么那么着急，我才把故事的开头讲完，你慢慢听。"

"你讲故事的方式也太不时髦了吧！现在都流行倒叙讲故事，也就是先把结尾和开头讲一下，然后再慢慢地复述故事的中间情节。想不想知道我是从哪里学到

de wǒ shì cóng yí wèi píng lùn jiā nà li xué lái de suī rán nǐ jiǎng gù shi de
的？我是从一位评论家那里学来的。虽然你讲故事的

fāng shì wǒ bù xǐ huan dàn shì wǒ fēi cháng yuàn yì tīng xià qu yīn wèi wǒ jué de
方式我不喜欢，但是我非常愿意听下去，因为我觉得

nà ge mò fáng zhǔ fēi cháng hǎo wǒ hěn xǐ huan tā lǎo shuǐ shǔ cháo xiào zhū dǐng
那个磨坊主非常好，我很喜欢他！"老水鼠嘲笑朱顶

què shuō
雀说。

　　zhū dǐng què kàn kan lǎo shuǐ shǔ wú nài de shuō hǎo ba gū jì zhǐ yǒu nǐ
　　朱顶雀看看老水鼠，无奈地说："好吧！估计只有你

zì jǐ xǐ huan mò fáng zhǔ le
自己喜欢磨坊主了。"

天气逐渐回暖，冰雪也都融化了，花儿也逐渐开放了，磨坊主跟妻子辞行，打算下山去看望自己的好朋友小汉斯。

他的妻子看到自己的丈夫如此遵守承诺，又感慨地说："能嫁给如此善良的人，我真是太幸福了。你不要总是为别人着想，回来的时候记得带一篮子花。"

磨坊主提着家里最大的篮子，朝山下走去。

磨坊主看到小汉斯，就大声喊道："亲爱的汉斯，早上好！"

小汉斯看到久违（违指离别。形容久别之后再次重逢。这是一种十分客气的表达）的朋友，笑着说："我最亲爱的朋友，早上好。"

"整个冬天过得怎么样？"磨坊主关切地说。

"我过得还算可以吧！你能想到我，我非常开心，

其实冬天我过得非常不好，不过现在都好多了，春天来了，我就可以用这些美丽的花朵换取一些钱来生活了。"小汉斯听到自己的朋友关心自己，开心地回答。

"我们一家人都在担心你，不知道冬天你到底过得怎么样。"磨坊主虚伪地说。

"你对我真是太好了，我还以为整个冬天都没有见到你，你早就把我忘记了。"小汉斯礼貌地说。

"小汉斯，你是在埋怨我没来看你吗？我一直都把你放在我心中最重要的位置上，我是绝对不会忘记你的，我还等着看你亲手种植的迎春花呢。"磨坊主解释说。

"你怎么知道迎春花开得非常好？我正在为这些花的盛开而高兴呢！因为有了它们我就可以赚到钱，把自己的手推车赎回来了。"小汉斯兴奋地说。

nǐ zěn me nà me shǎ　　zěn me kě yǐ bǎ zhè me zhòng yào de láo dòng gōng
"你怎么那么傻？怎么可以把这么重要的劳动工

jù mài diào　　nǐ de xíng wéi shí zài shì tài ràng wǒ jīng yà le
具卖掉？你的行为实在是太让我惊讶了！"

xiǎo hàn sī wú nài de shuō　　wǒ yě shì zǒu tóu wú lù
小汉斯无奈地说："我也是走投无路(实在是无路

可走，比喻已经到了非常困难的境地，没有办法摆脱

le　　dōng tiān duì wǒ lái jiǎng shì yí gè kě pà de jì jié　　yīn wèi zhè ge
困境)了，冬天对我来讲是一个可怕的季节。因为这个

shí hou wǒ méi yǒu shōu rù　　wèi le wéi chí shēng jì　　wǒ bù de bú biàn mài jiā li de
时候我没有收入，为了维持生计，我不得不变卖家里的

wù pǐn　　wǒ bǎ zhí qián de yī fu hé xiàng liàn dōu mài le　　dào zuì hòu yě shì pò bù
物品，我把值钱的衣服和项链都卖了，到最后也是迫不

得已才把我的独轮手推车卖了。不过，春天来了，我要用自己勤快的双手把这些都换回来。"

"小汉斯，你这种生活我实在看不下去了，我打算把我那辆手推车送给你。这辆手推车其中一只轮子上面的木板已经断掉了，不过稍微修理一下就可以用了。你不要不好意思，我知道你平时对我好，并且在别人眼中我可能非常傻，不过我不在乎。我乐意帮助我的朋友，更何况我还有一辆新的手推车。"磨坊主说。

小汉斯信以为真："你太好了，居然愿意这么慷慨地帮我，手推车我可以自己修理，因为刚好我家里有一块木板。"

磨坊主听到木板，激动地说："你家里有块木板，太棒了！刚好我谷仓的房顶需要一块木板，因为上面风吹日晒久了，已经破了一个大洞。如果不及时修好，

估计我的谷子要遭受损失了。你真是我的好朋友,在这个时候提醒我。不如这样,咱们做个交换,我把手推车送给你,你把木板送给我,我们各取所需还不影响友谊。并且你要知道,手推车的价格要远远高于木板的价格。不过,我相信我们的友谊是没办法用金钱来衡量的。你现在就把木板拿来吧!我刚好今天有空,就能把谷仓上面的洞都修好了。"

小汉斯听了磨坊主的话,急忙把木板拿出来送给他。

磨坊主望着这块木板,对小汉斯说:"有个事情,我还是要跟你说一下的。你的这块木板比我想象中的要小许多,估计我修完就不会剩下什么了,那个手推车就没办法用这块木板修理了。不过,我相信你一定不会在意这些的。现在我已经把我的手推车送给你了,

wǒ xū yào nǐ sòng wǒ yì xiē xiān huā zuò wéi huí bào wǒ de lán zi zài nà biān
我需要你送我一些鲜花作为回报，我的篮子在那边，

nǐ kàn zhe gěi wǒ zhuāngmǎn jiù xíng
你看着给我装满就行。"

xiǎo hàn sī jīng yà de wèn dào nǐ shì shuō zhěng gè lán zi dōu zhuāng shàng
小汉斯惊讶地问道："你是说整个篮子都装上

huā ma yīn wèi tā zhī dao gāng jìn rù chūn tiān huā yuán li de huā duǒ shèng
花吗？"因为他知道，刚进入春天，花园里的花朵盛

kāi de fēi cháng shǎo rú guǒ yào bǎ mò fáng zhǔ de lán zi zhuāng mǎn nà me tā
开的非常少，如果要把磨坊主的篮子装满，那么他

jiù méi yǒu qí tā huā kě yǐ mài le tā hái děng zhe bǎ zì jǐ de dōng xi shú huí
就没有其他花可以卖了，他还等着把自己的东西赎回

lai ne
来呢！

语言描写，描绘出一个巧舌如簧的人物形象。

"我已经答应把我的手推车送给你了，我觉得让你送给我一些花也是理所当然的事情。也许我们的想法不同，但是我觉得友谊是不能用这些东西来衡量的。"磨坊主试图说服小汉斯。

小汉斯急忙解释说："我最亲爱的朋友，你不要误会我了。我的花园就是你的花园，你想要摘多少，我都非常愿意。冬天我卖掉的东西，也不急于用现在这些花赎回来。"小汉斯带着磨坊主的篮子来到花园里，把现在正在盛开的迎春花全部都采摘下来，送给磨坊主了。

磨坊主跟小汉斯告别后，就这样一只手提着木板，一只手拎着一大篮子的迎春花回家了。

小汉斯一想到自己可以有手推车了，就非常的开心。

第二天，小汉斯正在梯子上干活，就听到磨坊主呼喊他，急忙跑到磨坊主跟前。原来磨坊主是要小汉斯帮他把一整袋面粉送到市场上，磨坊主扛不动，也不愿意扛了。

小汉斯委婉地拒绝说："我还有许多花等着我去浇水呢，抽不出身去帮你，你还是自己去好了。"

"是呀！你说得没错，但是如果我把手推车给你了，你再拒绝我的话，是不是有点不太合适了？"磨坊主说。

小汉斯听了磨坊主的话，觉得也非常有道理，就没有再说什么，而是乖乖地去屋里拿上帽子，换好衣服，

káng qǐ miàn fěn xiàng shì chǎng zǒu qù le
扛起面粉向市场走去了。

zhè yì tiān tiān qì fēi cháng de yán rè   káng qǐ yí dà dài miàn fěn duì yú shēn
这一天，天气非常的炎热，扛起一大袋面粉对于身

tǐ bú tài qiáng zhuàng de xiǎo hàn sī ér yán shì shí fēn chī lì de   tā yì biān zǒu
体不太强壮的小汉斯而言是十分吃力的，他一边走，

yì biān liú hàn   zuì zhōng tā hái shi jiān chí xià lai le   bìng qiě yě bǎ miàn fěn yǐ
一边流汗。最终他还是坚持下来了，并且也把面粉以

gāo jià mài chū le   tā ná dào nà me duō qián   yīn wèi hài pà bù ān quán suǒ yǐ
高价卖出了。他拿到那么多钱，因为害怕不安全，所以

jiù cōng cōng gǎn lù huí qu le
就匆匆赶路回去了。

xiǎo hàn sī huí dào jiā li   tān dǎo zài chuáng shang dòng dōu bù xiǎng dòng dàn shì
小汉斯回到家里，瘫倒在床上，动都不想动，但是

他觉得自己今天做得非常好，因为磨坊主就对他非常好，他也没有让磨坊主失望。

第二天天刚亮，磨坊主就来到小汉斯家里，准备把面粉钱拿走，当时，小汉斯还没有起床，因为昨天他太累了。

磨坊主看到小汉斯依旧在睡觉，就生气地说："你太让我失望了，怎么可以睡到现在都不起来。我既然答应把手推车送给你了，你就应该勤快一点才行。我可不喜欢跟懒人做朋友，如果我不把你看作是我的朋友，我根本就不会送你手推车。我说话的确非常直接，但是我就是这种风格，并且我并不认为我这样讲话就伤害到你了，我觉得自己是在点醒你、帮助你。"

小汉斯边揉眼睛边小声说："真是不好意思，我昨天送面粉太累了，所以今天就起不来了。我再眯一小

huì děng xiǎo niǎo bǎ zhè shǒu gē chàng wán le wǒ jiù lì kè qǐ lai
会，等小鸟把这首歌唱完了，我就立刻起来。"

zhè yàng de huà wǒ jiù fàng xīn le wǒ jīn tiān xū yào nǐ bāng wǒ bǎ gǔ
"这样的话，我就放心了。我今天需要你帮我把谷

cāng xiū hǎo shàng cì wǒ bǎ mù bǎn ná huí qu le dàn shì yì zhí méi kòng xiū lǐ
仓修好，上次我把木板拿回去了，但是一直没空修理，

wǒ jué de nǐ de kòng xián shí jiān yào bǐ wǒ de duō suǒ yǐ hái shi nǐ qù bāng wǒ
我觉得你的空闲时间要比我的多，所以还是你去帮我

xiū hǎo ba mò fáng zhǔ gāo xìng de shuō
修好吧。"磨坊主高兴地说。

xiǎo hàn sī tīng dào zhè huà xiǎng dào zì jǐ huā yuán li de huā yǐ jīng hǎo jǐ tiān
小汉斯听到这话，想到自己花园里的花已经好几天

méi rén dǎ lǐ le zài bu guǎn lǐ de huà jīn nián chūn tiān hé xià tiān tā jiù zhǐ
没人打理了，再不管理的话，今年春天和夏天他就只

néng hē xī běi fēng le   yú shì tā yòng shì tàn de kǒu
能 喝 西 北 风 了。 于 是 他 用 试 探 的 口

qì wèn mò fáng zhǔ shuō   rú guǒ wǒ jīn tiān bù bāng nǐ de
气 问 磨 坊 主 说:"如 果 我 今 天 不 帮 你 的

huà   nǐ huì bu huì rèn wéi wǒ bù zhēn xī zhè fèn yǒu yì
话, 你 会 不 会 认 为 我 不 珍 惜 这 份 友 谊？"

mò fáng zhǔ bù jiǎ sī suǒ
磨 坊 主 不假思索(没有经过思考和

犹豫，形容十分迅速)de shuō   wǒ dāng rán
犹 豫，形 容 十 分 迅 速)地 说:"我 当 然

huì zhè yàng rèn wèi le   yīn wèi wǒ yǐ jīng zhǔn bèi bǎ shǒu tuī
会 这 样 认 为 了，因 为 我 已 经 准 备 把 手 推

chē sòng nǐ le   ràng nǐ bāng máng xiū gè fáng dǐng nǐ dōu bú
车 送 你 了，让 你 帮 忙 修 个 房 顶 你 都 不

yuàn yì   suàn le   bù má fan nǐ le   wǒ zì jǐ qù xiū
愿 意。算 了，不 麻 烦 你 了，我 自 己 去 修

lǐ ba
理 吧!"

xiǎo hàn sī bù xiǎng ràng péng you shī wàng   yú shì jiù
小 汉 斯 不 想 让 朋 友 失 望，于 是 就

jí máng qǐ chuáng qù gěi péng you xiū lǐ gǔ cāng   tā zài
急 忙 起 床，去 给 朋 友 修 理 谷 仓。他在

mò fáng zhǔ de gǔ cāng li gàn le yì zhěng tiān de huó er
磨坊主的谷仓里干了一整天的活儿，

kě shì mò fáng zhǔ lián yì kǒu shuǐ dōu méi yǒu gěi tā hē
可是磨坊主连一口水都没有给他喝。

tài yáng kuài yào xià shān de shí hou   mò fáng zhǔ cái guò lai
太 阳 快 要 下 山 的 时 候，磨 坊 主 才 过 来

细节描写，说明磨坊主对朋友多么吝啬。

看望小汉斯。说是来看望小汉斯，其实他只不过是过

来检查小汉斯修补的房顶。小汉斯看到他走过来，急

忙从梯子上下来，向他汇报修理的情况。

磨坊主开心地说："你知道吗？你现在正在做的是

最幸福的事情，因为在我看来，能够帮助别人是再好不

过的事情了。"

小汉斯激动地说："能够跟你做朋友，我非

常开心，我都不知道自己的觉悟（强调对事物道理

及其规律的认识，由原先的迷惑转变为清楚明了）什

么时候才能跟你一样高。"

"不要着急，现在这些只是对友谊的实践，之后你还

会接触到友谊的知识。"磨坊主安慰小汉斯说。

磨坊主看到小汉斯已经把屋顶修好了，就让他回家

休息一下，并且还叮嘱小汉斯明天还要过来帮他把山

yáng gǎn dào shānshang
羊赶到山上。

xiǎo hàn sī xiàn zài yǐ jīng bù gǎn gēn mò fáng zhǔ shuō bù zì le dì èr
小汉斯现在已经不敢跟磨坊主说"不"字了。第二

tiān tā àn zhào zuó wǎn mò fáng zhǔ de dīng zhǔ bǎ yáng qún gǎn dào shānshang le
天，他按照昨晚磨坊主的叮嘱，把羊群赶到山上了。

yì zhěngtiān jiù zhè yànghuāng fèi le
一整天就这样荒废了。

dì sān tiān zǎo shang xǐng lái xiǎo hàn sī fēi cháng kāi xīn yīn wèi tā zhōng yú
第三天早上醒来，小汉斯非常开心，因为他终于

kě yǐ liào lǐ zì jǐ de huā yuán le dàn shì xiàn shí què méi yǒu zhè me měi hǎo mò
可以料理自己的花园了，但是现实却没有这么美好，磨

fáng zhǔ gé sān chà wǔ ràng tā bāngmáng xiǎo hàn sī suī rán hěn bù qíngyuàn dàn shì
坊主隔三差五让他帮忙。小汉斯虽然很不情愿，但是

yī jiù zài quànshuō zì jǐ bì jìng tā hái xiǎng dé dào mò fáng zhǔ de shǒu tuī chē hé
依旧在劝说自己，毕竟他还想得到磨坊主的手推车和

xǔ duō yǒu zhé lǐ xìng de huà
许多有哲理性的话。

zài yí gè bào fēng yǔ de wǎnshang xiǎo hàn sī tīng dào mén kǒu bú duàn yǒu rén qiāo
在一个暴风雨的晚上，小汉斯听到门口不断有人敲

mén tā yǐ wéi shì guò lai tā jiā bì yǔ de rén ne jié guǒ dǎ kāi mén jiù kàn dào
门，他以为是过来他家避雨的人呢，结果打开门就看到

mò fáng zhǔ zhàn zài mén kǒu
磨坊主站在门口。

mò fáng zhǔ tí zhe dēng long huāng zhang de shuō wǒ de péng you wǒ xiàn zài
磨坊主提着灯笼，慌张地说："我的朋友，我现在

jí xū nǐ de bāng zhù wǒ de xiǎo ér zi yīn wèi táo qì cóng lóu tī shangshuāi xià
急需你的帮助，我的小儿子因为淘气，从楼梯上摔下

来了，现在急需救治。外面正下大雨，路也非常滑，我想请你帮我跑一趟，毕竟我要把手推车送给你，你也需要做一些补偿给我。"

小汉斯急忙说："这个当然可以，不过我能不能用一下你的灯笼，因为医生家非常远，路又不太好走，我担心自己摔伤。"

"这个恐怕不行吧！这个灯笼是刚做好的，能卖很高的价格，你要是弄丢或者弄坏了，那就实在太可惜了。"磨坊主回答说。

语言描写，说明磨坊主有多么抠门。

小汉斯只好说："没关系，那我就不用了，我把眼睛睁大一点就会没事的。"

小汉斯迎着暴风雨，足足走了三个多小时的路。他来到医生家里时，医生早早就已经睡下了，听到拍门的声音，又起来了。小汉斯把磨坊主家的情况跟医生简单地说了一下，医生准备好药箱，提着灯笼就开始赶路。小汉斯一路走来就已经很累了，现在还要立

快乐王子
KUAILE WANGZI

刻返回，真是有点体力不支。他尽力想要赶上医生的

脚步，可是双腿就是不听使唤。

　　最终，小汉斯走着走着就迷路了，他不知怎么搞的，

走着走着就掉进一块沼泽地里了，他拼命向外爬，却

越陷越深，最后被活活淹死了。第二天，还是几个在这

片沼泽地周围放牧的人，看到小汉斯的尸体，才把他

抬回家。

　　周围的人都来参加小汉斯的葬礼，因为他们觉得小

汉斯是个非常不错的孩子。磨坊主当然也要来参加

了，并且他还是整个葬礼的主持人。

　　磨坊主总是希望所有人都把他放在最重要的位置

上，就连葬礼他都不放过，他认为自己是小汉斯最好的

朋友，所以理所应当站在最重要的位置上。

　　葬礼结束后，大家都在为小汉斯的死感觉惋惜，小

汉斯的确是个心地善良勤劳能干的孩子，在周围都是非常受欢迎的。

磨坊主还感叹说："我马上就要把手推车送给他了，结果他却走了。看来我真不适合慷慨地送给别人东西，因为这样可能会给别人带来困扰。"

朱顶雀的故事讲完了，水鼠却丝毫没有察觉，只是问："磨坊主之后过得怎么样？"

"磨坊主有什么好关心的，我才不想知道他之后生活得怎么样了呢！"朱顶雀失望地说。

"你怎么一点同情心都没有呢，磨坊主在这个故事里多么好啊！"

"这个故事是有一定的寓意（蕴涵有深刻的意旨）的，我们可以通过故事来指导生活。"朱顶雀大声说。

"你在开什么玩笑，你如果刚才开始讲故事之前就

gào su wǒ gù shi yǒu yù yì　　nà wǒ gēn běn jiù bú huì tīng xià qu le　　shuǐ shǔ
告诉我故事有寓意，那我根本就不会听下去了。"水鼠

shēng qì de shuō
生气地说。

zhū dǐng què jué de hǎo xiàng zì jǐ zuò cuò le　　tā xún wèn shēn biān de yā mā
朱顶雀觉得好像自己做错了，他询问身边的鸭妈

ma　　yā mā ma zuì zhōng yě nán yǐ fēn biàn duì cuò
妈，鸭妈妈最终也难以分辨对错。

名师点拨

　　不管磨坊主提出什么要求，小汉斯都不会拒绝，最后，他失去了生命。生活中，很多时候我们会遇到别人提出的无理要求，这时候，我们一定要学会果断地拒绝。

第四篇　不同寻常的火箭

名师导读

　　有一支火箭烟火，他总觉得自己不同寻常，比别的烟火都要出身高贵。但是，他最后的下场却是……

　　guó wáng de ér zi mǎ shàng jiù yào dà hūn le　suǒ yǒu rén dōu wèi zhè jiàn shì
国王的儿子马上就要大婚了，所有人都为这件事

qíng gāo xìng　yì nián qián wáng zǐ jiù zhī dao tā yào yíng qǔ yí wèi měi lì de é
情高兴。一年前，王子就知道他要迎娶一位美丽的俄

guó gōng zhǔ　xiàn zài zhōng yú kě yǐ jiàn dào běn rén le　tā kàn dào tā de xīn niáng
国公主，现在终于可以见到本人了。他看到他的新娘

chéng zhe xuě qiāo cóng yáo yuǎn de fēn lán guò lai　xiǎo gōng zhǔ chuān de fēi cháng piào
乘着雪橇从遥远的芬兰过来，小公主穿得非常漂

liang　tóu shang dài zhe yì dǐng piào liang de jīn sè xiǎo mào　kě néng yí lù zǒu lái guò
亮，头上戴着一顶漂亮的金色小帽。可能一路走来过

yú xīn kǔ　xiǎo gōng zhǔ de liǎn sè fēi cháng cāng bái　zǐ mín men dōu kàn dào gōng zhǔ
于辛苦，小公主的脸色非常苍白。子民们都看到公主

le　yǒu de hái biān sǎ huā biān xiǎo shēng yì lùn　nǐ kàn gōng zhǔ zhǎng de duō biāo
了，有的还边撒花边小声议论："你看公主长得多标

zhì pí fū zhēn bái
致，皮肤真白。"

wáng zǐ yǐ jīng pò bù jí dài de pǎo dào chéng bǎo mén kǒu lái jiē zì jǐ de xīn
王子已经迫不及待地跑到城堡门口来接自己的新

niáng le wáng zǐ zhǎng de yě fēi cháng shuài qì jīn sè de tóu fa zǐ sè de jiǒng
娘了。王子长得也非常帅气，金色的头发，紫色的炯

jiǒng yǒu shén
炯有神（形容眼睛明亮，很精神的样子。可以用来形

容人，也可以用来形容动物）的大眼睛。王子在公主

xià chē de yí shùn jiān lì mǎ dān xī guì dì qīn wěn gōng zhǔ de shǒu
下车的一瞬间，立马单膝跪地，亲吻公主的手。

tā kuā jiǎng gōng zhǔ shuō kàn dào nǐ de huà xiàng wǒ jiù jī dòng de bù néng
他夸奖公主说："看到你的画像，我就激动得不能

zì yǐ
自已（已表示停止。无法控制自己，使自己的情绪平复。

形容感情强烈到无法控制的地步）了，现在见到你本人，

wǒ de xīn zàng dōu kuài yào tiào chū lai le nǐ shì wǒ jiàn guò de zuì piàoliang de rén
我的心脏都快要跳出来了。你是我见过的最漂亮的人。"

gōng zhǔ tīng le zhè huà mǎn liǎn tōng hóng shēn páng de shì cóng qiè qiè sī yǔ shuō
公主听了这话，满脸通红，身旁的侍从窃窃私语说：

nǐ qiáo gōng zhǔ lì mǎ cóng bái méi gui biàn chéng le hóng méi gui
"你瞧，公主立马从白玫瑰变成了红玫瑰。"

jiē xià lai de sān tiān gōng zhōng dōu zài shèng chuán hóng méi gui hé bái méi
接下来的三天，宫中都在盛传"红玫瑰"和"白玫

gui de shuō fa guó wáng jué de zhè liǎng gè míng zi qǐ de dōu fēi cháng hǎo tīng
瑰"的说法，国王觉得这两个名字起得都非常好听，

jiù xià lìng zhòng shǎng le nà ge shì cóng qí shí zhè ge shì cóng gēn běn bú zài hu
就下令重赏了那个侍从。其实，这个侍从根本不在乎

<ruby>这<rt>zhè</rt></ruby><ruby>些<rt>xiē</rt></ruby><ruby>钱<rt>qián</rt></ruby>，<ruby>他<rt>tā</rt></ruby><ruby>在<rt>hu</rt></ruby><ruby>乎<rt>hu</rt></ruby><ruby>的<rt>de</rt></ruby><ruby>是<rt>shì</rt></ruby><ruby>荣<rt>róng</rt></ruby><ruby>誉<rt>yù</rt></ruby>，<ruby>因<rt>yīn</rt></ruby><ruby>为<rt>wèi</rt></ruby><ruby>这<rt>zhè</rt></ruby><ruby>篇<rt>piān</rt></ruby><ruby>报<rt>bào</rt></ruby><ruby>道<rt>dào</rt></ruby><ruby>在<rt>zài</rt></ruby><ruby>国<rt>guó</rt></ruby><ruby>刊<rt>kān</rt></ruby><ruby>上<rt>shang</rt></ruby><ruby>登<rt>dēng</rt></ruby>

<ruby>出<rt>chū</rt></ruby><ruby>来<rt>lai</rt></ruby><ruby>了<rt>le</rt></ruby>。

<ruby>结<rt>jié</rt></ruby><ruby>婚<rt>hūn</rt></ruby><ruby>典<rt>diǎn</rt></ruby><ruby>礼<rt>lǐ</rt></ruby><ruby>计<rt>jì</rt></ruby><ruby>划<rt>huà</rt></ruby><ruby>在<rt>zài</rt></ruby><ruby>三<rt>sān</rt></ruby><ruby>天<rt>tiān</rt></ruby><ruby>之<rt>zhī</rt></ruby><ruby>后<rt>hòu</rt></ruby><ruby>进<rt>jìn</rt></ruby><ruby>行<rt>xíng</rt></ruby>。<ruby>这<rt>zhè</rt></ruby><ruby>是<rt>shì</rt></ruby><ruby>有<rt>yǒu</rt></ruby><ruby>史<rt>shǐ</rt></ruby><ruby>以<rt>yǐ</rt></ruby><ruby>来<rt>lái</rt></ruby><ruby>最<rt>zuì</rt></ruby>

<ruby>隆<rt>lóng</rt></ruby><ruby>重<rt>zhòng</rt></ruby><ruby>的<rt>de</rt></ruby><ruby>婚<rt>hūn</rt></ruby><ruby>礼<rt>lǐ</rt></ruby>，<ruby>王<rt>wáng</rt></ruby><ruby>子<rt>zǐ</rt></ruby><ruby>和<rt>hé</rt></ruby><ruby>公<rt>gōng</rt></ruby><ruby>主<rt>zhǔ</rt></ruby><ruby>穿<rt>chuān</rt></ruby><ruby>着<rt>zhe</rt></ruby><ruby>华<rt>huá</rt></ruby><ruby>丽<rt>lì</rt></ruby><ruby>的<rt>de</rt></ruby><ruby>服<rt>fú</rt></ruby><ruby>装<rt>zhuāng</rt></ruby><ruby>登<rt>dēng</rt></ruby><ruby>场<rt>chǎng</rt></ruby><ruby>了<rt>le</rt></ruby>。

<ruby>国<rt>guó</rt></ruby><ruby>王<rt>wáng</rt></ruby><ruby>为<rt>wèi</rt></ruby><ruby>了<rt>le</rt></ruby><ruby>举<rt>jǔ</rt></ruby><ruby>国<rt>guó</rt></ruby><ruby>同<rt>tóng</rt></ruby><ruby>庆<rt>qìng</rt></ruby>，<ruby>举<rt>jǔ</rt></ruby><ruby>办<rt>bàn</rt></ruby><ruby>了<rt>le</rt></ruby><ruby>长<rt>cháng</rt></ruby><ruby>达<rt>dá</rt></ruby><ruby>五<rt>wǔ</rt></ruby><ruby>个<rt>gè</rt></ruby><ruby>小<rt>xiǎo</rt></ruby><ruby>时<rt>shí</rt></ruby><ruby>的<rt>de</rt></ruby><ruby>国<rt>guó</rt></ruby><ruby>宴<rt>yàn</rt></ruby>。<ruby>王<rt>wáng</rt></ruby>

<ruby>子<rt>zǐ</rt></ruby><ruby>和<rt>hé</rt></ruby><ruby>公<rt>gōng</rt></ruby><ruby>主<rt>zhǔ</rt></ruby><ruby>的<rt>de</rt></ruby><ruby>爱<rt>ài</rt></ruby><ruby>情<rt>qíng</rt></ruby><ruby>是<rt>shì</rt></ruby><ruby>美<rt>měi</rt></ruby><ruby>好<rt>hǎo</rt></ruby><ruby>而<rt>ér</rt></ruby><ruby>纯<rt>chún</rt></ruby><ruby>真<rt>zhēn</rt></ruby><ruby>的<rt>de</rt></ruby>，<ruby>他<rt>tā</rt></ruby><ruby>们<rt>men</rt></ruby><ruby>得<rt>dé</rt></ruby><ruby>到<rt>dào</rt></ruby><ruby>了<rt>le</rt></ruby><ruby>所<rt>suǒ</rt></ruby><ruby>有<rt>yǒu</rt></ruby><ruby>人<rt>rén</rt></ruby>

<ruby>的<rt>de</rt></ruby><ruby>祝<rt>zhù</rt></ruby><ruby>福<rt>fú</rt></ruby>。

那个小侍从看到这种场景，感慨地说："他们的真爱必定能感动天感动地。"国王听到如此好的赞美，急忙下令封赏了这位侍从。

宴会之后，新娘和新郎按照惯例，跳起了玫瑰舞。国王遵守承诺，为他们吹笛子。他虽然吹得非常难听，但是从来没有人站出来指责他，大家反而会称赞他吹得非常好听。

烟火表演是最后一个项目，小公主非常期待，因为这是她第一次看到烟火。她跟王子散步的时候，好奇地问王子："烟火好看吗？"

国王听到了小公主的询问，急忙抢在王子前面回答说："烟火是非常漂亮的火花，它们可以飞得很高。"

此时，烟花台下面，一群烟花正在开心地交谈着。

小鞭炮感慨地说："这个世界非常美好，并且我最喜欢旅行了，因为旅行可以增长人的智慧，丰富我们

的生活。"

"我们现在只不过是待在国王的花园里，外面的世界还很大呢，你能不能不要犯傻呀！"喷花烟火提醒小鞭炮说。

组合烟花也忍不住插嘴说："你们能不能不要争吵，这个地方只要是你喜欢的，你就可以把他当作全世界。像我年轻时候的爱情一样，浪漫至上就是最好。"

喷花烟火听不下去了，急忙反驳说："浪漫有什么用，既不能当饭吃，也不能当钱花。我跟你们分享一个新消息吧！我听宫中的朋友说，新娘和新郎非常恩爱。"

喷火烟花的话还没有说完，组合烟花已经扭头不再理睬(搭理对方。对于别人的言行举止给予回应)他了。这个时候，传来一阵震耳欲聋的咳嗽声，原来是火箭烟火准备说话呢。他出门的时候，总是被绑在一根长棍的最高处。他清过嗓子之后，开口说道："王子大

hūn yù dào wǒ　　nà zhēn shì hǎo zhào tou　a
婚遇到我，那真是好兆头啊！"

xiǎo biān pào fǎn duì shuō　　wǒ zěn me jué de nǐ lǐ jiě cuò le　　wǒ men zhèng
小鞭炮反对说："我怎么觉得你理解错了，我们正

shì wèi le biǎo shì duì wáng zǐ jié hūn de zhù hè cái bèi rán fàng de
是为了表示对王子结婚的祝贺才被燃放的。"

nǐ de shuō fa wǒ yě bù fǎn duì　　dàn shì　　yǒu yì diǎn wǒ yào shēng míng yí
"你的说法我也不反对，但是，有一点我要声明一

xià　　wǒ gēn nǐ men bù tóng le　　wǒ shì yǔ zhòng bù tóng de yān huǒ　　yīn wèi wǒ
下，我跟你们不同了，我是与众不同的烟火。因为我

yōng yǒu zuì hǎo de chū shēn　　wǒ de bà ba mā ma dōu céng shì yān huǒ jiè de jiāo ào
拥有最好的出身，我的爸爸妈妈都曾是烟火界的骄傲。

tā men yōng yǒu zuì hǎo de huǒ yào　　zhǎn xiàn chū zuì měi de yān huǒ　　bìng qiě gèng zhí
他们拥有最好的火药，展现出最美的烟火。并且更值

得一提的是，我的爸爸还被记录在宫廷的报刊上，这是一件多么骄傲的事情啊！"

除了火箭烟火自己，其他烟火都听不下去了。他们你一言我一语地不断嘲讽火箭烟火，说得有声有色（形容表演生动形象，也可以形容说话非常精彩，不枯燥无味），还不时传来笑声。但是火箭烟火却不以为然（然，这样。表示不认为是这样。这是表达不认同的观点），甚至有些生气地说："你们在高兴什么呢？你们懂不懂得替别人着想啊？我觉得你们都应该向我学习，无论我在哪里，我总是第一个考虑自己。就比如说今晚，如果我出现什么意外，那么王子和公主的婚礼也一定不会圆满结束，你们知道我有多重要了吧！想到这里，我都忍不住要掉几滴眼泪了。"

罗马烛光弹提醒火箭烟火说："你如果不想发挥失误，趁早把你的眼泪憋回去。"

"这个常识性问题，我当然懂。不过你要知道我跟你们不同，我不像你们那么冷血，我是性情中人，遇到这种情况想不掉眼泪都很难。"火箭烟火一边说着，一边擦眼泪。

烟火时间到了，士兵们拿着火把来到烟火台，他们按照摆好的顺序，依次点燃。所有的烟火都燃放成功了，只剩下火箭烟火，因为他已经把自己的身体都哭湿了，任凭火把怎么点燃都不会燃烧。

火箭烟火心存侥幸地想："也许他们觉得我太重要，所以不舍得燃放我，准备把我留到更大的场合使用。"

心理描写，说明火箭烟火有多么自傲。

现实跟想象往往存在差距，他被打扫卫生的人扔到宫墙外面的水沟里了。

火箭烟火拥有非常好的心态，起初他知道要被扔出去非常不开心，但是现在他突然觉得，也许是国王下令让他在这里疗养，以便之后委以重任(把重大的事项或要完成的任务交付给某个值得信赖的人。形容对人非常器重)。

小青蛙非常好奇，就过来跟火箭烟火打招呼。火箭烟火一副傲慢的模样，惹得小青蛙也转身离开了。火箭烟火又遇到一只大白鸭，大白鸭看到他模样奇特，就询问说："你是不是出过什么事故，怎么变成这个模样?"

火箭烟火生气地说："你这种人就适合生活在下等人群中，知识面那么窄，居然都不认识我火箭烟火。"

大白鸭也不甘示弱地说："我并不觉得你有什么了不起的地方，因为你既不会耕田，又不会拉车。"

"我的优点，你们这些普通人是永远无法理解的。"

"虽然你很吵，但是我依旧希望你能长久住在这里。"大白鸭真诚地说。

"那都是不可能的事情，我是不会跟你们做朋友的，过不了多久国王就会把我接回宫殿，不信，咱们走着瞧！"

大白鸭要去觅食，就没有再多说什么。这时候两

个小男孩刚好路过，他们看到火箭烟火外形与众不同，于是就决定把他带回家当柴火烧了。

火箭烟火这次真的生气了，他决定要证明给这两个小男孩看。可惜的是，当小男孩把火箭烟火放入火中之后就睡着了，火箭烟火燃放的时候，他们并没有看到，当时火箭烟火是多么想叫醒他们呀！

名师点拨

火箭烟火自命不凡，处处看不起别人，别的烟火都燃放了，他却被当成了柴火。做人一定要懂得谦虚，就算自己在某方面有优势，也不可以看不起别人，嘲笑别人。

第五篇　血玫瑰

名师导读

一名男学生想要一枝红玫瑰，夜莺听到了他的话，想要帮助他。可是，夜莺必须付出生命的代价，她会同意吗？

yì míng nián qīng de nán xué sheng gāo shēng hū hǎn zhe zhǐ yào wǒ néng gòu
一名年轻的男学生高声呼喊着："只要我能够

zhāi dào yì zhī hóng méi gui wǒ de xīn shang ren jiù huì gēn wǒ tiào wǔ hóng méi gui
摘到一枝红玫瑰，我的心上人就会跟我跳舞。红玫瑰

a hóng méi gui nǐ dào dǐ zài nǎ lǐ wèi shén me wǒ xún biàn le zhěng gè huā
啊！红玫瑰，你到底在哪里？为什么我寻遍了整个花

yuán dōu méi yǒu fā xiàn nǐ de zōng jì
园，都没有发现你的踪迹？"

yè yīng bǎ zì jǐ de jiā jiàn zài wú tóng shù shang měi dāng yǒu rén zhè yàng dà
夜莺把自己的家建在梧桐树上，每当有人这样大

shēng shuō huà tā zǒng shì huì hào qí de tàn chū nǎo dai chá kàn gè jiū jìng jīn tiān
声说话，她总是会好奇地探出脑袋查看个究竟，今天

dāng rán yě bù lì wài le
当然也不例外了。

她看到这位年轻的学生一边哭泣，一边说着："我怎么那么可怜，即使我看过无数的书，知识非常的渊博，在面对幸福的时候，缺少一枝红玫瑰也是不行的。难道我的生活，就由这一枝红玫瑰决定了？"

夜莺被这位年轻学生的爱情打动了，她决定要为这位学生唱一整晚的歌，并且把他的故事传递出去，因为夜莺从来没有见过如此真诚的爱人。并且男孩的模样长得也非常帅气，白皙的脸庞、乌黑的头发、红红的嘴唇，只不过脸上多了两道泪痕和忧愁。

"明天晚上，王子准备举行一场舞会，所有人都可以参加。我刚好可以趁这次机会，跟我心爱的人见面，并且非常绅士地邀请她跳一支舞，我们可以相拥，跳到天亮。但是，只有我明天晚上送她一枝红玫瑰，她才会答应我的这个要求。但是我已经尽力了，我把花园

de suǒ yǒu jiǎo luò dōu fān biàn le　　yī jiù méi yǒu zhǎo dào hóng méi gui　　wǒ hǎo shāng
的所有角落都翻遍了，依旧没有找到红玫瑰，我好伤

xīn ya　　　rú guǒ bù néng gēn xīn ài de tā jiàn miàn　　wǒ nìng yuàn xuǎn zé qù sǐ
心呀！如果不能跟心爱的她见面，我宁愿选择去死。"

nián qīng xué sheng zì yán zì yǔ de shuō
年轻学生自言自语地说。

yè yīng gǎn kǎi de shuō　　duì wǒ ér yán　　zhè me dǒng ài qíng de rén　　tā de
夜莺感慨地说："对我而言，这么懂爱情的人，他的

shēng huó shì duō me xìng fú ya　　ài qíng shì wǒ fēi cháng xiàng wǎng de qíng gǎn　　wǒ
生活是多么幸福呀！爱情是我非常向往的情感，我

yuàn yì wèi ài qíng fù tāng dǎo huǒ　　zài wǒ yǎn zhōng　　ài qíng de jià zhí yào yuǎn yuǎn
愿意为爱情赴汤蹈火。在我眼中，爱情的价值要远远

gāo yú zhēn zhū hé bǎo shí
高于珍珠和宝石。"

nián qīng xué sheng yuè xiǎng yuè shāng xīn　　tā de kū shēng jīng dòng le zhōu
年轻学生越想越伤心，他的哭声惊动了周

wéi de xī yì　hú dié hé jú huā　　tā men dōu fēi cháng hào qí nián qīng xué sheng
围的蜥蜴、蝴蝶和菊花，他们都非常好奇年轻学生

shì yīn wèi shén me shì qing ér kū qì　　rè xīn de yè yīng jí máng gào su tā men
是因为什么事情而哭泣，热心的夜莺急忙告诉他们

shuō　　tā zài wèi yì zhī méi gui huā ér kū qì　　tā men tīng le yè yīng de huà
说："他在为一枝玫瑰花而哭泣。"他们听了夜莺的话，

jiù jué de gèng jiā kě xiào le　zěn me hái yǒu rén huì yīn wèi yì duǒ huā er luò
就觉得更加可笑了，怎么还有人会因为一朵花儿落

lèi　　yè yīng dī tóu zài sī kǎo　　gù bu shàng gēn tā men jiě shì nà me duō le
泪？夜莺低头在思考，顾不上跟他们解释那么多了。

yè yīng hǎo xiàng xiǎng dào le shén me　　jiù lì mǎ fēi zǒu le　　tā fèi
夜莺好像想到了什么，就立马飞走了。她费

jìn qiān xīn wàn kǔ　　zuì zhōng zhǎo dào yì kē shèng kāi de méi gui shù　　yè
尽千辛万苦，最终找到一棵盛开的玫瑰树。夜

yīng shuō　　wǒ néng yòng yì wǎn shang dòng tīng de gē qǔ　　huàn qǔ yì duǒ hóng
莺说："我能用一晚上动听的歌曲，换取一朵红

méi gui ma
玫瑰吗？"

méi gui shù de huí dá ràng yè yīng fēi cháng shī wàng yuán lái zhè shì yì kē shèng
玫瑰树的回答让夜莺非常失望，原来这是一棵盛

kāi bái méi gui de shù　　dàn shì bái méi gui shù gěi le yè yīng yí gè zhòng yào de xiàn
开白玫瑰的树。但是白玫瑰树给了夜莺一个重要的线

suǒ　ràng tā qù lǎo rì guǐ yí　　　　　　　　　　　　　　　　　　páng
索，让她去老日晷仪(古代的一种简易的计时工具)旁，

xún zhǎo zì jǐ de xiōng di　　yě xǔ zhè wèi xiōng di néng gòu bāng shàng tā
寻找自己的兄弟，也许这位兄弟能够帮上她。

夜莺听完白玫瑰的话，立马飞到老日晷仪旁边，找到这棵玫瑰树。夜莺又提出用美丽的歌声作为交换，可是这是一棵黄玫瑰树，并不是她要找的红玫瑰。

黄玫瑰树看到夜莺非常失望，急忙说："你不要太失望了，我有办法，你可以去找这位学生窗台下面的玫瑰树，他可能就是你要找的红玫瑰。"

夜莺立刻飞到年轻学生窗下的玫瑰树上，着急地说："你能给我一朵红玫瑰吗？我愿意为您唱最动听的歌曲。"

红玫瑰摇了摇头说："恐怕我要让你失望了，我虽然是红玫瑰，可是今年冬天太冷，我的花苞都被冻坏了。"

"难道一朵都不能盛开吗？这种情况你之前应该经历过吧？难道就一点办法都没有吗？"

"办法的确有，只不过代价非常大，我不想告诉你。"

"什么样的代价我都能够接受，你就告诉我吧！"

"你需要迎着月光唱歌，但是前提是让我的刺扎进你的心脏，吸收你的血液。也就是说你需要用自己的鲜血，把我浇灌直到红玫瑰盛开为止。在这中间，死亡是不可避免的，你要考虑清楚了。"红玫瑰树详细地解释说。

夜莺惊讶地说："原来是要付出生命的代价呀！虽然人世间有许多重要的事情要做，但是我认为这些东西都比不过爱情，为了这位年轻学生，我愿意献出自己的生命。"

夜莺回到自己的家里，她看到年轻学生依旧在草坪上哭泣。

对话描写，为了帮助学生，夜莺不惜付出一切。

wǒ yǐ jīng xiǎng dào bàn fǎ le míng tiān nǐ yí dìng huì ná dào hóng méi gui de
"我已经想到办法了,明天你一定会拿到红玫瑰的,

qǐng bú yào kū le xī wàng nǐ néng jiān shǒu zhè fèn gǎn qíng gēn zì jǐ xīn ài de
请不要哭了,希望你能坚守这份感情,跟自己心爱的

rén bái tóu xié lǎo
人白头偕老(夫妻一起生活直到老去。形容夫妻感情

深厚。常常用来当作新婚夫妇的祝福词)。"夜莺安慰
yè yīng ān wèi

niánqīng xué shengshuō
年轻学生说。

nián qīng xué sheng zhǐ shì tīng dào jǐ shēng yè yīng de jiào shēng tā bìng bù zhī dao
年轻学生只是听到几声夜莺的叫声,他并不知道

yè yīng yào biǎo dá de yì si dàn shì wú tóng shù tīng dǒng le tā shāng gǎn de shuō
夜莺要表达的意思。但是梧桐树听懂了,他伤感地说:

"既然你已经决定了，那么我就不再劝阻你了，只是你要记得我会想你的。"

夜莺非常感动，就给梧桐树唱了最后一支歌曲。

年轻学生这时候也站起来离开了，他回到自己的房间里，依旧想着自己心爱的人，可是没过多久，他就进入甜美的梦乡了。

夜晚来临了，一轮明月正缓缓升起，夜莺已经做好了一切准备，她将玫瑰树的刺瞄准心脏，然后自己一边唱歌，一边用力，玫瑰刺越扎越深。玫瑰树不断提醒夜莺，把刺扎得再深一些。夜莺忍着疼痛拼尽全力，红玫瑰在一点一点变色，最开始是玫瑰花的外侧非常鲜红，然后经过夜莺的努力，玫瑰花的心也变成血红色了。夜莺唱了所有关于爱情的歌曲，也将自己的血液全部输送给玫瑰树，自己就这样死去了。

一大早，年轻学生打开窗户，就看到了眼前的那

duǒ xiān hóng de hóng méi gui   tā cóng lái méi yǒu jiàn guò xiàng xuè yí yàng de méi gui
朵鲜红的红玫瑰，他从来没有见过像血一样的玫瑰。

　　tā zhāi xià méi gui chuān dài zhěng qí   jiù yí lù xiǎo pǎo qù jiào shòu jiā   jiào
他摘下玫瑰，穿戴整齐，就一路小跑去教授家。教

shòu de nǚ ér zhè shí zhèng zuò zài wài miàn shài tài yáng   kàn dào nián qīng xué sheng zǒu dào
授的女儿这时正坐在外面晒太阳，看到年轻学生走到

zì jǐ gēn qián   gēn běn jiù méi kàn tā yì yǎn
自己跟前，根本就没看他一眼。

　　nián qīng xué sheng dì shàng xiān hóng de méi gui huā   bìng qiě biǎo dá le zì jǐ duì
年轻学生递上鲜红的玫瑰花，并且表达了自己对

tā de qīng mù
她的倾慕(喜欢、爱慕之情。对象通常是人)之情，希

wàng jīn wǎn néng yǔ tā gòng tóng tiào wǔ   kě shì nǚ hái de huí dá ràng tā fēi cháng
望今晚能与她共同跳舞。可是女孩的回答让他非常

shī wàng yuán lái tā hé gōng tíng dà chén de zhí zi zǎo jiù yuē hǎo le   tā yà gēn jiù
失望，原来她和宫廷大臣的侄子早就约好了，她压根就

qiáo bu qǐ zhè wèi nián qīng xué sheng
瞧不起这位年轻学生。

　　nián qīng xué sheng fēi cháng fèn nù   tā suí shǒu bǎ hóng méi gui rēng jìn xià shui dào
年轻学生非常愤怒，他随手把红玫瑰扔进下水道，

zì jǐ zhuǎn shēn lí qù le
自己转身离去了。

名师点拨

　　夜莺为了让男学生得到红玫瑰而付出了生命，
最后红玫瑰却被扔进了下水道。很多时候，我们的
付出都会没有结果，在这样的时候，一定不要灰心，
不要难过，要多想一想生活中的美好。

第六篇　年轻国王的成长历程

名师导读

在加冕典礼的前一天，年轻国王做了几个梦，他吓醒了。于是，他做出了一个非常大胆的决定……

míng tiān jiù shì jiā miǎn diǎn lǐ　nián qīng de guó wáng zuò zài huá lì de wò shì
明天就是加冕典礼，年轻的国王坐在华丽的卧室

li　dà chénmen yī yī bài jiàn zhī hòu　fēn fēn tuì qù　jǐn guǎn yǒu xiē dà chén fēi
里，大臣们一一拜见之后，纷纷退去。尽管有些大臣非

cháng bù lǐ mào　dàn shì niánqīng guó wáng què sī háo bú zài yì zhè xiē
常不礼貌，但是年轻国王却丝毫不在意这些。

zhī suǒ yǐ chēng tā wéi nián qīng guó wáng　shì yīn wèi tā zhǐ yǒu shí liù
之所以称他为年轻国王，是因为他只有十六

suì　tā quán suō　　　　　　　　　　　　　　　zài dì
岁。他蜷缩(把手脚紧紧缩成一团，不伸展开)在地

shang shuì jiào　suǒ yǒu de zī shì dōu gēn dòng wù fēi chángxiāng sì
上睡觉，所有的姿势都跟动物非常相似。

shì shí shang tā cóngxiǎo dí què shì gēn dòng wù yì qǐ zhǎng dà de　xìng yùn
事实上，他从小的确是跟动物一起长大的。幸运

的是，猎人上山打猎的时候及时发现了他，就救出了他，并且让他跟贫穷的牧羊人一起生活。年轻国王一直以为，牧羊人就是自己的爸爸，可是事情的真相却让人出乎意料。

原来他的妈妈是老国王的独生女儿，她爱上了比自己地位低许多的贫民。她没有经过父王的同意，就跟这位穷人隐婚，并且生下了一个男孩。传言中有人说那位男子是用动听的琵琶声让公主爱上自己的，也有人说这位公主爱上的是一位来自异国的艺术家，这位艺术家之后不知道因为什么原因逃跑了。公主刚把孩子生出来，孩子就被别人送出去了。没过多久她就不省人事了，医生说她可能是因为过度伤心或者是染上什么疾病了。据说，公主下葬的时候，棺材里还放着一位外表十分帅气的男人，这个男人的手被捆绑着，身上有许多处伤痕。

老国王也许是因为良心发现了，临死前下令找回这位外孙，并且当众宣布将王位传给他。

年轻国王被接进宫之后，每天都忙着追求美的东西。他非常喜欢精美的衣服和华丽的珠宝，每次他看到这些都会笑得合不拢嘴，当他换下身上的粗布衣服的时候，他没有丝毫的留恋。但是，有时候宫廷礼仪太过繁杂，他又反而非常向往自己以前的森林生活。不过一想到整个王宫都是自己的，并且还有如此多美的事物，他就会静下心来，乖乖待在这里了。

他喜欢一个人无拘无束地在宫殿里旅行，因为这样他就可以沉浸（把物

为后文描写的他追求各种罕见的东西埋下伏笔。

体浸泡在水里。也比喻思想完全处于某种状态，形容注意力非常集中，不被外界干扰）在美的享受中，在他眼中，

dù jīn de qīngtóng shī zi fēi cháng měi　dà lǐ shí de tái jiē yě fēi cháng piào liang
镀金的青铜狮子非常美，大理石的台阶也非常漂亮。

gōng diàn zhōng bú duàn chuán chū guān yú tā de yì xiē qí wén yì shì
宫殿中不断传出关于他的一些奇闻异事（指难以理解、比较罕见、不合常规的事情），例如，臣子们

qián lái cháo jiàn de shí hou　fā xiàn tā zhèng guì zài guó wài sòng lái de shén de huà xiàng
前来朝见的时候，发现他正跪在国外送来的神的画像

miàn qián　mò mò de dǎ zuò　tā kě yǐ yí dòng bú dòng de dāi zài yí gè dì fang
面前，默默地打坐。他可以一动不动地待在一个地方

几个小时，只为了观察某个雕塑的外形，他觉得这幅画作非常完美的时候，甚至会上前拥抱或者亲吻。在常人眼中，这是难以理解的。

他痴迷于所有价值连城(价值非常昂贵。指物品非常贵重，是无价之宝)和罕见的事物，因此他上台之后，立马下令派出许多商人去寻找他想要的东西。但是，他最关心的是自己加冕时要穿的金丝长袍和带有红宝石和珍珠的权杖。此刻，他虽然躺在卧榻上，可是他心里想的却是这些东西。为了打造他的专属衣服，设计师早在半年前就开始准备了。他非常满意设计师的设计，于是派人到全世界去寻找材料，并且还催促工人们尽早完工。他一想到自己马上就可以穿上这件心仪已久的衣服，内心就激动不已。

他起身站在窗台欣赏美景，他看到宫殿内的大教堂，看到士兵们在秩序井然(井然，很有条理的样子。

形容很讲次序条理，做事不慌不忙，不显得混乱）地

巡逻，听到鸟儿悦耳的歌声，闻到阵阵的花香。就这样

看着看着，睡意就来了。他吩咐侍从服侍梳洗之后，就

躺在龙床上睡着了。

睡着的时候，他做了一个长长的梦。他不知怎么

搞的，来到了一所又低又矮的阁楼里，这里到处都是织布

机，他看到许多工人在辛苦地工作，虽然他们已经非常

累，也非常饥饿，可是他们依旧没有停下手中的工作。

他走到一位工人面前，想要询问一下。没想到这

位工人先开口说："你是那个人派来的监工吧？"

"监工？哪个人？"年轻国王不解地问。

"这件衣服的主人是跟我们一样的，只不过，他

穿着华丽，生活条件优越，而我们则衣衫褴褛（形

容衣服很破的样子，无法遮蔽身体。表示人处于非

常穷困的状态），穷困潦倒。"

"现在已经不是战争年代了，你们这样做跟奴隶有什么区别。"年轻国王生气地说。

"您说得非常对，我们现在依旧过着奴隶的生活。由于贫穷，我们必须干活赚钱，可是那些工厂主却只知道克扣工资。我们每天辛辛苦苦地做工，但是到头来，我们不仅没有赚到钱，还要挨饿受欺负。我们亲手榨葡萄汁，自己却喝不了。我们自己种的庄稼，却吃不到。我们这里已经有许多人都饿死了。"

"这里的所有人都跟你说的情况一样吗？"

"当然一样了，无论是官员，还是经过我们这里的神甫，他们没有一个人关心我们。你不是我们，所以你不会理解我们心中的苦恼和生活的无奈。"织布工人说。

年轻国王生气了，他走到织布机附近，看到梭子上穿的是金线，他继续询问说："你们现在做的这件是什么衣服？给什么人做的？"

"这是年轻国王加冕时穿的龙袍，跟你说了你也不懂。"织布工人直言不讳（说话坦率，毫无顾忌）地回答说。

年轻国王被织布工人的话惊醒了，他睁开眼，看到的是自己的宫殿，于是就又睡去了，这次他又做了一个梦。他梦到自己待在一条船的甲板上，有上百位奴隶在划船。他的身旁坐着一位船长，这位船长手里拿着一杆秤，戴着一对大耳环。奴隶们用绳索一个挨

着一个地拴着，他们在炎热的天气中依旧要卖力地划

船，不然就会有黑人监工拿着鞭子抽他们。

在不知不觉中，年轻国王跟随他们来到了一个小海

湾。黑人在船长的吩咐下，测好水深，然后挑选了一

位最年轻的奴隶。他们在这位年轻奴隶的鼻孔和耳朵

里塞上蜡，然后将一个大石块和他捆绑在一起。这位

奴隶按照惯例，自动跳入海中，有一位专门负责引诱

鲨鱼的人在一边击鼓，其他人在旁边观察着。

一会儿，这位潜水者就游了上来，他带上来一颗

珍珠，然后气喘吁吁(大口喘气，形容非常劳累的样

子)地又被推入海中。时间就这样一分一秒地在流逝，

其他的奴隶都等得睡着了，这位年轻奴隶还在不断地

向外送出珍珠，并且他送出来的珍珠一颗比一颗漂亮。

年轻国王想要说些什么，可是终究没有开口。

年轻奴隶这次打捞出来一颗最漂亮的珍珠，可是他却

zài yě méi yǒu lì qi xià shui le   yīn wèi tā yǐ jīng lèi sǐ le   hēi rén bìng méi
再也没有力气下水了，因为他已经累死了。黑人并没

yǒu gǎn dào yì diǎn diǎn bēi shāng ér shì zhí jiē bǎ tā de shī tǐ rēng jìn dà hǎi
有感到一点点悲伤，而是直接把他的尸体扔进大海。

chuán zhǎng kàn dào zhè kē piào liang de zhēn zhū kāi xīn dì xiào le tā fēi cháng
船长看到这颗漂亮的珍珠，开心地笑了，他非常

mǎn yì de gēn shēn biān rén shuō   zhè kē zhēn zhū yòng zài xiǎo guó wáng de quán zhàng
满意地跟身边人说："这颗珍珠用在小国王的权杖

shang zài hǎo bú guò le nǐ men shuō shì ba
上再好不过了，你们说是吧？"

nián qīng guó wáng bèi zhè jù huà jīng xing le tā kàn dào chuāng wài yī jiù shì qī
年轻国王被这句话惊醒了，他看到窗外依旧是漆

hēi yí piàn rán hòu jiù yòu shuì zháo le zhè cì tā yòu zuò le yí gè mèng tā mèng
黑一片，然后就又睡着了，这次他又做了一个梦。他梦

到自己来到一片恐怖的树林里，这里有毒蛇、毒花，还有其他可怕的动物。

他走到树林里，看到一群人在这里拼命地干活，他们在干枯的河床上不停地挖深坑，每个人看起来都非常忙碌。

死亡之神和贪婪之神在黑暗的地方观察他们，死亡之神不耐烦地说："你不要那么小气，把这些人中的三分之一分给我就行，我也是有任务在身的。"

这些都是贪婪之神的奴隶，她当然不愿意将他们送给死亡之神了。

死亡之神看到贪婪之神手里拿着谷粒，他非常想要一粒，以便回家可以种在自己的花园里。但是贪婪之神依旧拒绝了他，死亡之神将"疟疾"引到这片土地上，然后三分之一的人失去了生命。

贪婪之神愤怒地说："现在你已经得逞了，请你离

开这个地方。世界上还有许多地方在等着你，请你不要再来找我了。"

死亡之神倔强地说："想让我离开非常简单，只要你给我一粒谷子，我立马离开。"

贪婪之神依旧坚定地说："你就不要再想了，我是不会给你的。"

死亡之神又将"热病"驱逐到这个地方，这里的人只要轻轻接触一下，就会立马丧命。

贪婪之神震惊地说道："你这个疯子，请你即刻滚出这里，不要再让我看到你。"

死亡之神索要到谷粒才愿意离去，两人就这样你争我抢的，所有的人民都在遭受疾病和死亡的折磨。

年轻国王看到这种场面，忍不住掉眼泪了，他哭着说："这些可怜的人究竟是谁？他们又在这里做什么？"

背后的人回答他说："这些人是在给某国国王寻找

一颗红宝石。"

"我能知道是哪个国家的哪位国王吗?"

"当然可以,我这里有一面镜子,透过镜子你就可以看到我说的这位国王了。"

年轻国王在镜子里看到的不是别人,正是他自己,他再次被惊醒。

这个时候天已经亮了,大臣们带着做好的金丝龙袍、王冠、权杖让年轻国王过目。

虽然这些东西是他喜欢的,可是他想起来自己做的梦,便告知大臣们,他加冕的时候不会穿戴这些的。

大臣们以为国王在开玩笑,可是他依旧严肃地说:"请你们认真对待,我并没有开玩笑。我知道我想要的这些东西来之不易,有许多人甚至为了这些而丧命。"

国王将昨晚做梦的详情跟大家讲述了一遍。

大臣们纷纷安慰他说:"梦境都是相反的,我希望

您不要因为这些而困扰您的生活。您如果不穿上这件衣服，佩戴这些东西，那么就没有人能认出您。"

年轻国王回答说："国王就应该有国王的气场和相貌，我进宫的时候穿的是什么，加冕的时候就穿什么。我已经决定了，你们不必再劝我。"

年轻国王留下一个小侍从来伺候自己更衣，他果真穿上了进宫时穿的衣服，并且用牧羊棒当权杖。

穿戴整齐之后，小侍从提醒年轻国王少了一个

皇冠，于是年轻国王顺手用柳树枝折了一个圆圈戴在头上了。

臣子们看到国王穿戴成这样，都着急地说："您这种装扮跟乞丐有什么区别，我们绝对不允许这样的人做我们的国王。"

年轻国王并没有理睬他们，而是跨上马向大教堂方向出发了。

街上的百姓看到他说："这个人肯定是国王的大臣。"

他听到两个人的对话，就停下马解释说："我就是国王。"并且耐心地将自己昨晚的梦讲给他们听。

正在国王说话的时候，从听众中走出一位年轻人，他满含热泪地说："陛下，您难道不知道穷人是靠富人生存的吗？您不要再做样子给外人看了，您还是回宫换上华丽的衣服吧！我们遭受的苦难，跟您没有

什么关系。"

"你这么说就不对了，我们都是兄弟。"

"是的，我们是兄弟，但是那个兄弟名字叫该隐。"

少年国王眼泪就要流下来了，他继续赶路，一会儿就来到了大教堂门前，虽然他跟侍卫解释说自己是国王，可是侍卫看到他穿得像个乞丐就坚决不放行。历经千辛万苦，他终于见到了老教主，老教主不解地问："国王，您怎么穿成这样过来了？"

年轻国王将自己的梦又给老教主讲述了一次。老教主劝说年轻国王说："孩子，你不要因为一个梦境而试图改变环境，我已经是一位老人了，经历的事情非常多。每个人生下来都是不平等的，并且上帝赋予每个人的使命也是不同的，所以你不要试图挑起所有的重担。让我为你披上龙袍，戴上皇冠，将权杖送到你手中。"

　　nán dào méi yǒu zhè xiē dōng xi　jiù　bù néng jiā miǎn ma　　　　nián qīng guó wáng shuō
"难道没有这些东西就不能加冕吗？"年轻国王说

wán zhī hòu jiù jìng zhí zǒu dào jī　dū shénxiàngqián
完之后就径直走到基督神像前。

　　nián qīng guó wáng qián chéng
　　年轻国王虔诚(表示很有诚意的态度。并不是随

de guì zài jī　dū shénxiàngqián qí dǎo　　qí tā de mù shī
随便便的态度)地跪在基督神像前祈祷，其他的牧师

dōu qiāoqiāo tuì xià qu le
都悄悄退下去了。

　　yì qún guì zú cè huà de móu shā zhèng zài jìn xíng zhōng　tā men wú fǎ　jiē shòu
　　一群贵族策划的谋杀正在进行中，他们无法接受

zhè wèi xiàng qǐ gài yí yàng de guó wáng　tā men yào bǎ tā shā sǐ
这位像乞丐一样的国王，他们要把他杀死。

nián qīng guó wáng qí dǎo hòu　màn màn zhàn qǐ lai　zhuàn guò shēn　tā fēi
年轻国王祈祷后，慢慢站起来、转过身，他非

cháng shī wàng de kàn zhe zhè xiē guò lai shā hài tā de rén　zhè shí　qí jì
常失望地看着这些过来杀害他的人。这时，奇迹

chū xiàn le　tài yáng yòng zì jǐ dú tè de sè cǎi wèi zhè wèi nián qīng guó
出现了。太阳用自己独特的色彩为这位年轻国

wáng biān zhì le yí jiàn lóng páo　tā ná de mù yáng bàng yě kāi chū le měi lì
王编制了一件龙袍，他拿的牧羊棒也开出了美丽

de huā duǒ　tā tóu shang pèi dài de liǔ zhī huáng guàn yě jīng guò shàng dì de
的花朵。他头上佩戴的柳枝皇冠也经过上帝的

zhuāng bàn　xiǎn de fēi cháng piào liang
装扮，显得非常漂亮。

nián qīng guó wáng jiù zhè yàng zǒu chū dà jiào táng　suǒ yǒu rén kàn dào zhè yí mù dōu
年轻国王就这样走出大教堂，所有人看到这一幕都

fēi cháng zhèn jīng　guì zú men fēn fēn xià guì biǎo shì chén fú　jiào zhǔ yě jīng dāi le
非常震惊，贵族们纷纷下跪表示臣服，教主也惊呆了，

yīn wèi tā dì yī cì jiàn dào shàng dì qīn zì jǐ nián qīng guó wáng jiā miǎn de
因为他第一次见到上帝亲自给年轻国王加冕的。

nián qīng guó wáng jiù zhè yàng　yì zhí zǒu huí gōng zhōng　méi yǒu rén gǎn tái tóu
年轻国王就这样，一直走回宫中。没有人敢抬头

guān kàn tā de liǎn páng　yīn wèi tā de liǎn fēi cháng xiàng tiān shǐ
观看他的脸庞，因为他的脸非常像天使。

名师点拨

　　年轻国王从梦中醒来，好像突然长大了，他不要权杖，不要华丽的衣服。其实，一个人的身份和地位并不是靠服装来体现的，只要有一颗善良的心，都会获得人们的尊重。

第七篇　隆重的生日

名师导读

在公主的生日表演上，小矮人为公主表演了节目，还获得了公主给的一支玫瑰花。小矮人以为公主喜欢自己，非常高兴，可是后来他才知道……

今天是西班牙公主十二岁的生日，天气格外的晴朗。这位公主虽然生在富贵家庭，可是她跟普通人一样，一年也同样只有一个生日。唯一不同的是她的生日举办得非常隆重，就连在她花园里生活的小动物和植物也能体会到这次生日的隆重，它们为自己生活在公主的花园里而感到骄傲和自豪。

现在，小公主和她的玩伴们正在开心地捉迷藏。

她今天非常高兴，因为只有在她生日的这一天，她

的父王才会允许她跟普通人玩耍，并且邀请一位小

朋友进宫。这天西班牙的小孩们都打扮得非常漂

亮，男孩们身穿燕尾服，戴着有大羽毛装饰的帽

子。女孩们穿着晚礼服，手中分别拿着银色和黑色

的扇子。但是不管他们打扮得多么用心，始终都没

有办法跟公主比，因为公主的衣服是最有品位、最高级的。公主身穿灰色的晚礼服，裙子上镶嵌着夺目的红宝石，脖子上挂着美丽的珍珠项链，手中拿着浅粉色和白色的扇子。她的头发也是经过设计师精心设计的，跟她的脸型非常般配，整体看下来，公主就是一朵漂亮的玫瑰花。

　　国王待在自己宫殿的窗户前，公主的一举一动他都能够观察到。国王每次看到公主，总会想起她的母亲——已故的王后，今天恰巧是公主的生日，国王就更加悲伤了，王后在生下公主六个月之后就去世了。王后来自法国，很受国王疼爱。国王不愿意跟自己的爱人分开，就让宫中最有名的医生为王后的尸体做防腐处理，所以王后的尸体到现在还放在宫中小教堂的停尸架上。国王每个月都会去看王后一次，有时候他甚至会去

亲吻王后，希望她能够醒过来。

国王对王后的爱无比深厚，当国家处于战争时期的时候，他都不愿意王后离开他的视线。王后去世之后，国王曾一度疯癫，他想要随王后死去。可是一想到他跟王后还有一个女儿需要保护，他就立刻振作精神。因为国王的儿子都心狠手辣，如果国王不在了，他们是绝对不会善待这位公主的。

为了纪念王后，国王下令进行了三年的哀悼。三年之后，臣子们向他觐见(朝见职位较高的人，比如君主或国王)，希望他能够重新缔结(指双方订立条约或合同。也可以指双方结交关系)婚姻，可是国王都一一拒绝了。

今天是公主的生日，同样，这一天也勾起了国王脑海中跟王后的美好回忆。公主玩耍的时候无意间抬头，看到父王在窗台看着自己，

当她再次抬头准备跟父王打招呼的时候，父王已经不见了。

公主非常失望，可能国王这个时候只想跟自己心爱的人待在一起吧！虽然这个地方公主并没有来过。

生日表演就要开始了，公主的叔叔和国王的其他臣子们都纷纷向公主表示祝贺。公主开心地拉着叔叔的手，向花园里搭建的舞台那里走去，其他人也有秩序地跟

zài hòu miàn
在后面。

děng suǒ yǒu rén dōu jiù wèi zhī hòu　dòu niú biǎo yǎn jiù kāi shǐ le
等所有人都就位之后，斗牛表演就开始了。

yì míng nán hái huǎn huǎn shàng chǎng　tā shǒu zhōng ná zhe yí kuài xiān hóng de
一名男孩缓缓上场，他手中拿着一块鲜红的

cháng bù　zài tā de duì miàn zhàn zhe yì tóu niú　zhǐ bú guò zhè tóu niú gēn
长布，在他的对面站着一头牛，只不过这头牛跟

píng cháng de niú bù tóng　tā shì jīng guò le liǔ zhī hé niú pí de zhuāng bàn
平常的牛不同，它是经过了柳枝和牛皮的装扮

de　dòu niú shì hé niú zài bù tíng de hù dòng　kàn kè dōu xīng fèn bù yǐ
的。斗牛士和牛在不停地互动，看客都兴奋不已，

gōng zhǔ yě rèn wéi zhè shì tā kàn guò de zuì jīng cǎi de dòu niú biǎo yǎn　jīng
公主也认为这是她看过的最精彩的斗牛表演。经

guò cháng shí jiān de zhàn dòu　niú yǐ jīng chè dǐ tǎng zài dì shang qǐ bu lái
过长时间的战斗，牛已经彻底躺在地上起不来

le　yí wèi dà shǐ de ér zi zài zhēng de gōng zhǔ tóng yì hòu　jiāng niú
了。一位大使的儿子在征得公主同意后，将牛

tóu kǎn xià　zhōng jié le zhè chǎng biǎo yǎn
头砍下，终结了这场表演。

jiē xià lai de biǎo yǎn shì zá jì hé mù ǒu biǎo yǎn　fǎ guó zá jì yǎn yuán
接下来的表演是杂技和木偶表演。法国杂技演员

yòng gāo chāo de jì yì　zài wǔ tái shang biǎo yǎn zǒu gāng sī　mù ǒu rén zài wǔ tái
用高超的技艺，在舞台上表演走钢丝。木偶人在舞台

shàng biǎo yǎn　shā fú ní shì bā　tā men yǎn de fēi cháng hǎo　xǔ duō rén dōu wèi
上表演《莎福尼士巴》，他们演得非常好，许多人都为

zhī gǎn dòng dào luò lèi
之感动到落泪。

fēi zhōu mó shù biǎo yǎn jǐn suí qí hòu jiù kāi shǐ le　mó shù shī yòng gè shì gè
非洲魔术表演紧随其后就开始了，魔术师用各式各

样的表演吸引着在场所有人的眼球，他一会变出一棵

开满小花，结满果实的树，一会又将扇子变成一个会

飞的大帐篷。

　　小公主今天第一次看到的表演是"圣母舞"，

所有舞者都装扮得非常奇特，他们戴着奇特

的三角帽，上面还有许多银制品做装饰。他们

穿着以前的宫廷服饰，每个人都专心致志(把心

思全放在上面。形容一心一意，聚精会神)地跳舞。

当他们登台的时候，几乎所有人都震惊了，因为

他们的气质跟其他人太不一样了。他们表演结

束后，还特意向小公主表示祝福，小公主还礼

貌地回送他们一只大蜡烛。

　　接下来是吉卜赛人的表演，他们盘着腿围成

一圈在台上坐下来，每个人手中都拿着一把

齐特琴，优美动听的音乐从这把琴中流淌出来。

虽然表演前几天，吉卜赛人的几名同胞刚被小公主的叔叔杀死，但是他们看到天真的小公主之后，心中便没有了恨意，他们只想把优美的音乐和欢快的歌声传递给这个天真无辜的孩子。吉卜赛人还带来了大熊和猴子的杂技，所有人都非常喜欢。

整晚表演的亮点，应该是小矮人的舞蹈。这个小矮人跌跌撞撞地上场，他用两条弯曲的双腿和畸形的脑袋在跳舞，场上的所有人都乐坏了。小公主也忍不住放声大笑起来，她的侍女只好不断地提醒她。因为贵族跟普通人不同，他

"弯曲的双腿"和"畸形的脑袋"，刻画出一个外表丑陋的小矮人形象。

men yì bān dōu shì xǐ nù bù xíng yú sè de rén　dàn shì xiǎo ǎi rén dí
们 一 般 都 是 喜 怒 不 形 于 色 的 人 。 但 是 小 矮 人 的

què fēi cháng de kě ài hé gǎo xiào　xiǎo gōng zhǔ rěn bu zhù le　zhè ge
确 非 常 的 可 爱 和 搞 笑 ， 小 公 主 忍 不 住 了 。 这 个

xiǎo ǎi rén shì liǎng gè guì zú zuó tiān zài chéng zhōng jiǎn dào de　zhè liǎng gè
小 矮 人 是 两 个 贵 族 昨 天 在 城 中 捡 到 的 ， 这 两 个

guì zú xiǎng yào gěi gōng zhǔ dài lái huān lè　biàn bǎ zhè ge xiǎo ǎi rén dài
贵 族 想 要 给 公 主 带 来 欢 乐 ， 便 把 这 个 小 矮 人 带

jìn gōng　ràng tā biǎo yǎn jié mù　tā de bà ba shì yí wèi pín qióng de tàn
进 宫 ， 让 他 表 演 节 目 。 他 的 爸 爸 是 一 位 贫 穷 的 炭

fū　kàn dào zì jǐ de ér zi zhǎng de rú cǐ chǒu　jìng rán hái yǒu rén yuàn
夫 ， 看 到 自 己 的 儿 子 长 得 如 此 丑 ， 竟 然 还 有 人 愿

yì shōu yǎng tā　jiù guǒ duàn sòng chū zì jǐ de hái zi　kě shì　xiǎo ǎi
意 收 养 他 ， 就 果 断 送 出 自 己 的 孩 子 。 可 是 ， 小 矮

人并没有意识到自己非常丑。虽然他是第一次上台表演，起初有些紧张，可是渐渐地他就适应了。他开心地无拘无束（自由自在，没有拘束）地表演，台下的观众都是无比喜欢的。

小公主也被他的精彩表演深深吸引了，小矮人看到如此漂亮的公主也非常喜欢。小公主半开玩笑，半嘲讽（用嘲笑讽刺攻击别人，以达到伤害他人的目的）地吩咐侍女将自己头上戴的花朵抛到台上。小矮人一把接住花朵，并且将花朵紧紧放在胸口附近，然后开心地笑了起来。

小公主已经被小矮人的表演所吸引，并且她还向叔父申请，希望可以再看一次小矮人的表演。这时，侍女催促她说："公主，外面的太阳已经很大了，我们该回宫了，宫中还为您特意准备了专属蛋糕。"小公主听到这话，开心地回宫了。

小矮人听说公主非常喜欢他的表演，并且还要再看一次，心中乐开了花。他手里拿着公主抛下来的白玫瑰，跑到花园里，用力地亲吻着这朵花。

花园里的植物看到小矮人的模样，嫌弃地说："他长得这么丑陋，怎么可以跑到我们的花园里来，他就不配待在这里。"所有的植物都在议论他。

小矮人的模样在花园里引起了很大的反响，虽然植物们不喜欢他，可是小鸟们却非常喜欢他，因为他是一位非常有爱心的人，他总会将自己的食物分给小鸟和松鼠们吃。寒冷的冬天，他担心小鸟找不到食物，就冒着寒冷给小鸟送面包，他担心小鸟没办法吃面包，就细心地将面包搓成碎末。只要他有吃的，他就会将吃的分给这些挨饿的小动物。

小鸟们自然非常喜欢他，他看到小鸟过来跟自己

dǎ zhāo hu jiù gēn xiǎo niǎo shuō nǐ men kàn dào wǒ shǒu zhòng de méi
打 招 呼 ， 就 跟 小 鸟 说 ： " 你 们 看 到 我 手 中 的 玫

gui huā le ma zhè kě shì gōng zhǔ qīn shǒu sòng gěi wǒ de gōng zhǔ xǐ huan shàng
瑰 花 了 吗 ？ 这 可 是 公 主 亲 手 送 给 我 的 ， 公 主 喜 欢 上

wǒ le
我 了 。 "

xiǎo niǎo suī rán bù zhī dao tā zài shuō xiē shén me kě shì yī jiù jī ji zhā zhā
小 鸟 虽 然 不 知 道 他 在 说 些 什 么 ， 可 是 依 旧 叽 叽 喳 喳

jiào gè bù tíng hǎo xiàng zài gěi tā sòng lái zhù fú
叫 个 不 停 ， 好 像 在 给 他 送 来 祝 福 。

xī yì yě fēi cháng xǐ huan xiǎo ǎi rén měi dāng xiǎo ǎi rén pí bèi de shí hou
蜥 蜴 也 非 常 喜 欢 小 矮 人 ， 每 当 小 矮 人 疲 惫 的 时 候 ，

xī yì zǒng shì gěi tā sòng lái huān lè xiǎo niǎo hé xī yì duì dài xiǎo ǎi rén de tài
蜥 蜴 总 是 给 他 送 来 欢 乐 。 小 鸟 和 蜥 蜴 对 待 小 矮 人 的 态

度，让花园里的植物非常不满，他们打算向园丁抗议，把他们移到其他地方安家。小矮人不知不觉间已经出来很久了，他起身回宫里去了。

植物们望着他的背影，又嘲笑他说："你们看他不仅是驼背，腿还那么弯，他就应当被关在宫殿中的监牢里。"

小矮人并不知道花园里的植物都在议论自己，就算他知道了，他也不会在意的，因为他现在唯一在意的是小公主。他多么希望就这样陪伴在小公主身边，给她讲有趣的故事，陪她一起玩耍。可是他并不知道小公主在什么地方，他走到屋外，整个宫殿都非常寂静。他在四周转了一圈，看到有一扇小小的门开着，他心想也许公主就在这扇门里面住着。他悄悄走了进去，看到一个装饰华丽的大厅，可是并没有看到公主的身影。他继续向

前走着，看到有一个很大的帷幔，上面绣着国王喜

欢的图案。他猜想公主一定在帷幔后面，可是当

他拉下帷幔的时候，他看到的却是另外一个房间，

并且这个房间的装饰比上一个房间的还要华丽。

原来这个房间曾是一位疯子国王的寝宫，宫殿里

的装饰让小矮人觉得非常的害怕，但是他一想

到自己马上就能见到漂亮的公主，就又继续前行。

他看到有比玫瑰花更加贵重的物品，但是不愿意

交换，因为这是他心爱的公主送给他的礼物。

他走着走着，抬头看见前面有一个人，这个人奇丑

无比，并且他做什么这个人就做什么，这个人的步调跟

他的非常一致。小矮人害怕地伸手过去试探，这个人

就同样伸出手来。他看了看室内的所有物品，他面前

的这个东西里面都有。他猜想这个是回声，可是依据

他的经验，回声是看不到的。他想拿出白玫瑰，来安

fǔ zì jǐ de jīng sǒng
抚自己的惊悚(形容非常吓人，令人感到害怕和恐惧)，

kě shì duì miàn nà ge rén yě tóngyàng ná chū bái méi gui bìng qiě gēn tā zuò tóngyàng
可是对面那个人也同样拿出白玫瑰，并且跟他做同样

de dòng zuò
的动作。

hòu lái tā zhōng yú míng bai le yuán lái jìng zi li de nà ge rén bú shì bié
后来，他终于明白了，原来镜子里的那个人不是别

ren ér shì tā zì jǐ tā xiàn zài yě míng bai gōng zhǔ bìng bú shì xǐ huan tā
人，而是他自己。他现在也明白，公主并不是喜欢他，

ér shì cháoxiào tā bà le
而是嘲笑他罢了。

zhè shí gōng zhǔ hé tā de suí cóng gāng hǎo jìn wū kàn dào xiǎo ǎi rén dāi zài
这时，公主和她的随从刚好进屋，看到小矮人待在

zhè li tā menbìng bù hào qí ér shì yì biānguān kàn tā yì biānfàngshēng dà xiào
这里，她们并不好奇，而是一边观看他，一边放声大笑。

小矮人一直低着头，他实在忍受不了这种嘲讽，就转过身去。

公主这个时候发话了，她大声说："我命令你现在必须为我表演。"

小矮人并不去理会公主的吩咐，公主非常生气，她向叔叔请求支援(支，指支持，援，指援助。即对有困难的人或团体给予必要的支持和援助)。

她的叔叔走到小矮人面前，用命令的口吻说："公主想要开心一下，无论你今晚想不想跳舞都要跳，你没有拒绝的权力。"

看到小矮人听了自己的话并没有什么反应，公主的叔叔就吩咐侍从去拿一根鞭子过来。一位宫中的大臣观察到小矮人有异样，才发现他已经死去了，他的心脏已经碎成两半了。

公主的叔叔将小矮人的死告知了她，可是她

，<ruby>而<rt>ér</rt></ruby><ruby>是<rt>shì</rt></ruby><ruby>下<rt>xià</rt></ruby><ruby>令<rt>lìng</rt></ruby><ruby>以<rt>yǐ</rt></ruby><ruby>后<rt>hòu</rt></ruby><ruby>进<rt>jìn</rt></ruby><ruby>宫<rt>gōng</rt></ruby><ruby>陪<rt>péi</rt></ruby><ruby>她<rt>tā</rt></ruby><ruby>玩<rt>wán</rt></ruby><ruby>耍<rt>shuǎ</rt></ruby><ruby>的<rt>de</rt></ruby><ruby>人<rt>rén</rt></ruby><ruby>都<rt>dōu</rt></ruby>

<ruby>不<rt>bù</rt></ruby><ruby>能<rt>néng</rt></ruby><ruby>有<rt>yǒu</rt></ruby><ruby>心<rt>xīn</rt></ruby>。

名师点拨

　　得知公主并不是喜欢自己，而是嘲讽自己，小矮人伤心地死去了。在生活中，我们不可以拿外表去评价一个人，不管一个人的外形是丑陋还是漂亮，我们都不能对对方持有偏见。

第八篇　星孩的蜕变

　　有一天，天上掉落了一颗星星，两个樵夫过去一看，原来是一个孩子。其中一个樵夫收留了这个孩子，抚养他长大，这个孩子会经历怎样的故事呢？

　　cóng qián yǒu liǎng gè pín qióng de qiáo fū　wú lùn chūn xià qiū dōng　tā men
从前有两个贫穷的樵夫，无论春夏秋冬，他们
dōu yào shàng shān kǎn chái　dà dì chuān shàng bái sè de dōng zhuāng shù zhī hé
都要上山砍柴。大地穿上白色的冬装，树枝和
dì miàn dào chù dōu shì xuě　liǎng wèi qiáo fū hái yào mào zhe yán hán shàng shān kǎn
地面到处都是雪。两位樵夫还要冒着严寒上山砍
chái　tā men de shǒu zhǐ dōu dòng yìng le　yī kào zuǐ zhòng de hā qì lái qǔ nuǎn
柴，他们的手指都冻硬了，依靠嘴中的哈气来取暖。
tā men xiǎo xīn yì yì de jīng guò jié bīng de lù miàn　kě shì yī jiù huá dǎo le
他们小心翼翼地经过结冰的路面，可是依旧滑倒了，
tā men chóng xīn bǎ chái huo kǔn hǎo bēi zhe　zǒu zhe zǒu zhe tā men mí lù le
他们重新把柴火捆好背着。走着走着他们迷路了，
hái hǎo tā men píng jiè gǎn jué　zuì zhōng kàn dào le shān jiǎo xià de cūn zhuāng
还好他们凭借感觉，最终看到了山脚下的村庄。

tā men hěn qìng xìng zì jǐ kě yǐ shùn lì zhǎo dào huí jiā de lù　kě shì tā men
他们很庆幸自己可以顺利找到回家的路，可是他们

yòu fēi cháng de shāng xīn　yīn wèi tā men de shēng huó shí zài tài pín kǔ le　huó
又非常的伤心。因为他们的生活实在太贫苦了，活

zhe hái bù rú sǐ le hǎo
着还不如死了好。

　　tā men zhèng zài bào yuàn shēng huó de fán nǎo shí　yí jiàn hǎn jiàn de shì qing fā
　　他们正在抱怨生活的烦恼时，一件罕见的事情发

shēng le　tiān kōng zhōng huá luò xià lai yì kē měi lì de xīng xing　liǎng gè qiáo fū kě
生了。天空中滑落下来一颗美丽的星星，两个樵夫可

yǐ qīng yì de fēn biàn chū xīng xing huá luò de jù tǐ wèi zhi
以轻易地分辨出星星滑落的具体位置。

　　tā men èr rén biān pǎo biān shuō　shéi xiān zhǎo dào　zhè kuài jīn zi jiù shì shéi
　　他们二人边跑边说："谁先找到，这块金子就是谁

的。"他们当中的一个人非常擅长跑步，所以他是第一个到达的。他刚拿起这个从空中滑落的东西，他的同伴也跑到了。他们二人发现，里面并不是金银财宝，而且一个刚出生的孩子。

晚到的樵夫劝说跑步最快的樵夫放弃这个孩子，因为他们没有能力养活他，可是跑步最快的这个樵夫却执意要将孩子带回家。两个人走到村口，晚到的樵夫说："既然你要孩子，那么孩子的衣服和棉被就都应该归我。"跑步最快的樵夫并没有同意。

他抱着孩子回到家，他的妻子看到这一幕对他大发雷霆(形容人怒气冲冲，大发脾气的样子，像打雷一样可怕)，因为家里有好几个孩子需要养活，多出一个孩子就要多吃许多食物。但是，最终他的妻子接纳了这个孩子，他们把属于孩子的一切东西都放了起来，准备等到孩子长大了再把这些还给他。

星孩跟樵夫的孩子一样大，只不过他的容颜非常的俊俏，全村的人都觉得他非常漂亮。但是，他却是个心肠邪恶的人。他认为自己比村子里任何一个人都高贵，他看不起村子里的任何人，包括养育他的樵夫一家。

他把整个村子的人都当作他的奴隶，他不会去同情怜悯任何人，遇到有乞丐、残疾人来村子里乞讨，他就朝他们扔石块，并且将他们驱逐离开。他对自己的模样也非常满意，经常坐在井边通过水面来欣赏自己的模样。

樵夫和他的妻子经常教育他说："我们对你非常慈善，你也要对别人慈

动作描写，说明星孩对别人毫无同情之心，品性很差。

善，不能总是那么残酷。”

村中的老牧师也经常教育星孩，可是无论他们说什么，星孩都不会记在心里。村中的小伙伴都愿意跟他玩，因为他不仅模样俊俏，还会唱歌、跳舞、作乐曲。星孩说什么，村里的孩子们就照着做什么，他们用剪刀剪断朱顶雀的翅膀，用碎石子驱赶麻风病人，都变得跟星孩一样坏。

这一天，村中来了一位衣衫褴褛的乞讨女人，她经过长途跋涉才找到这里，她的脚已经在流血了，就坐在柳树下休息。

星孩看到了，即刻带着村里的孩子们赶到这位女乞丐身边，用石头驱赶她。樵夫刚好经过，责备他说："这个女乞丐已经非常可怜了，你为什么非但不去怜悯她，还要欺负她呢？"

樵夫在公众场合训斥他，这让他感到很没有面子，于是他反驳说："我的事情还轮不到你管，你又不是我的父母。"

"我的确不是你的父母，可是如果当初我在林子里捡到你的时候没有把你带回来，就不会有现在的你了。"

女乞丐晕倒了，樵夫把她背回家。在樵夫妻子的细心照料下，她醒来了，她没有吃饭，也没有喝水，而是焦急地询问关于星孩的事情。

快乐王子
KUAILE WANGZI

樵夫将捡到星孩的来龙去脉（比喻事情的前因后果。也可以比喻人或物的来历）讲清楚之后，拿出了当时戴在星孩身上的东西。

女乞丐激动不已，因为她就是星孩的亲生母亲。

樵夫夫妻二人急忙把星孩找来，并且激动地对他说："你的母亲正在屋里等你呢，你赶快进去看看她吧！"

星孩非常好奇自己的母亲到底是谁，可是当他推开门进去的时候，屋里只有那个女乞丐。

女乞丐激动地说："孩子，让我看看你过得好不好？"

"谁是你的孩子，你赶紧滚开，我不想再见到你了。"

"强盗把你偷走了，我寻遍了世界各地才找到你，看到你的信物，我更加确定你就是我的孩子，跟我回去吧？我会加倍弥补你的。"

他们沉默了许久，最后星孩对他的母亲说："假如您还

爱我，那么请您离开我，因为有您的地方让我感到耻辱。"

他的亲生母亲临走时想要亲吻一下他，可是这个小小的要求也被拒绝了。

他终于送走了自己的母亲，可是当他重新回到村里的时候，没有人愿意跟他玩耍，因为他的模样变得非常丑陋。他并不相信，就急忙跑到井边观察，结果自己真的非常丑，他反思也许是因为罪孽深重(指人做了很大的错事，罪行很严重，难以补救)，不认自己母

亲的原因。

樵夫的小女儿上前安慰他说："容颜并没有什么作用，你就安心跟我们一起生活，我们一定会对你好的。"

"我要去找寻我的母亲，直到得到她的原谅为止。"

星孩就这样启程了，他走进森林中，大声呼喊母亲，可是却一点消息都没有。他每天都睡在地上，靠采摘一些野果为生。

他看到鼹鼠就着急地问："你能通过地下的声音告诉我，我的妈妈在哪个方位吗？"

鼹鼠生气地说："我的眼睛都被你弄瞎了，当然不知道这些。"

星孩回想过往，自己的确造孽太多，于是他就低头向上帝祈祷，希望自己能够得到宽恕。

第三天他走到一个村子里，村子里的孩子们都向他扔

快乐王子
KUAILE WANGZI

石块，所有人都嫌弃他，并且他始终没有母亲的音讯。

三年的时间，他经历过无数国家，遭受过无数人的虐待，可是这些都是他应该得到的，因为他就是这样对待别人的。

一天晚上，他来到一个城门口，这个时候他已经疲惫不堪了，可是士兵依旧不让他进去，并且赶他，让他离开这里。士兵的统领过来问清楚情况后，提醒士兵说："赶走他可是你们的损失，这个孩子还可以当奴隶卖掉，最起码可以换来一碗甜酒。"

这时，一位类似巫师的人出现了，他大声叫道："我愿意出一碗甜酒的价格，买下这个小孩。"

星孩就这样被巫师带进城中，到了巫师家里。这是一个神秘的地方，没有钥匙，用手叩响门之后，门自动就开了。巫师将他的眼睛蒙上，带他来到地牢，给他拿来发霉的面包和带有咸味的茶水让他食用，然后便

bǎ tā suǒ zài dì láo zì jǐ chū qu le
把他锁在地牢，自己出去了。

dì èr tiān wū shī yòu lái dào dì láo bìng qiě duì xīng hái shuō xiàn zài jiāo
第二天，巫师又来到地牢，并且对星孩说：“现在交

gěi nǐ yí gè rèn wu zài chéng mén fù jìn de sēn lín li yǒu sān kuài jīn zi yí kuài
给你一个任务，在城门附近的森林里有三块金子，一块

bái jīn yí kuài huáng jīn yí kuài hóng jīn nǐ jīn tiān yào tì wǒ bǎ bái jīn qǔ lái
白金、一块黄金、一块红金。你今天要替我把白金取来，

rú guǒ ná bu dào de huà nǐ jīn wǎn jiù děng zhe jiē shòu wǒ yì bǎi biān de chéng fá
如果拿不到的话，你今晚就等着接受我一百鞭的惩罚

ba wū shī méng shàng xīng hái de yǎn jing bǎ tā sòng dào jiē shang jiù lí kāi le
吧！”巫师蒙上星孩的眼睛，把他送到街上就离开了。

xīng hái hěn kuài zhǎo dào zhè piàn sēn lín wài biǎo kàn qǐ lai zhè piàn sēn lín fēi
星孩很快找到这片森林，外表看起来，这片森林非

常祥和，可是他走进里面之后，却是百般磨难，他一路走下来，已经遍体鳞伤（身上的伤痕简直像鱼鳞那样密集。形容人受伤很严重，遭受了很大的折磨）了。

他从早上找到太阳下山，都没有看到那块白金。他走着走着，听到好像有什么东西在呼救，仔细寻找之后，他发现原来有只兔子被猎人的夹子夹到了。

他急忙上前帮助小兔子，最终小兔子得救了。

小白兔问他："你救了我，我有什么可以帮助你的吗？"

"我的主人吩咐我到这里找一块白金，我已经翻遍整个森林了，都没有找到。"星孩说。

兔子刚好知道这块白金在哪里，他就带领星孩顺利地拿到了白金。星孩在回程的路上，遇到了一位可怜的麻风病人，他向星孩索要白金，星孩看他可怜就给他了。当晚回去之后，巫师并没有给他饭吃，而是直接把

他关进地牢。第二天,巫师让他继续寻找黄金,这次

在兔子的帮助下,星孩又非常快地找到了。可是他在

路上又碰到了这位麻风病人,在这位病人的苦苦哀求

下,星孩又把黄金送给他了。这次巫师发火了,不仅不

给他饭吃,还狠狠地打了他,并且给他下了死命令,如

果找不到红金就杀了他。第三天,星孩按照巫师的吩

咐去找红金。小兔子已经知道红金的下落,并且顺利

地将红金送到星孩手中,星孩感动不已。麻风病人看

到他走进城中,就又起身去向他索要红金,星孩实在

觉得他可怜,就将红金给他了,虽然红金对他非常重

要,没有红金也就意味着自己没命了。

可是,当他进城的时候,所有人都对他非常的尊敬,

他们甚至向他敬礼,有人还在小声议论:"我们的君主

真是一表人才(表,外表。形容一个人不仅拥有出色

的外表,而且举止态度非常端正,令人心生好感。通

常用来称赞别人）。"星孩听到这些话，不但没有笑，反

而哭了起来。他以为这些人是在嘲笑自己，不知不觉中，

他来到一片广场上，这里有一座宫殿。

宫殿的门口站着不同级别的官员，他们毕恭毕敬

地说："欢迎君主回家！"

"你们一定认错人了，我不是君主。我的母亲是一

位乞丐，并且我的模样非常丑陋，根本就不是你们要

找的君主。"星孩诚实地说。

大臣们呈上来镜子，星孩照过之后，发现不知道在什么时候，自己已经恢复了以前的模样。但是虽然这样，他依旧说："我不配做你们的君主，因为我连自己的母亲都嫌弃。在我没有找到她，得到她原谅之前，我是不会做什么君主的。"

说完这些话，星孩准备转身离去。可是就在他转身的一瞬间，他看到了自己的乞丐母亲，并且还看到母亲身旁坐着那位麻风病人。他即刻赶到母亲身旁，并且跪了下来，希望得到母亲的原谅，他的母亲和麻风病人并没有说一个字。看着星孩非常的有诚意，他的母亲觉得这个孩子已经变得跟以前不同了，这才让他站了起来。原来站在星孩身旁的不是别人，正是他的爸爸和妈妈，也就是国王和王后。

快乐王子
KUAILE WANGZI

xīng hái shùn lǐ chéng zhāng
星孩顺理成章(做一件事只要按照事物的发展

就会迎来自然而然的结果。可以用来形容写文章。

de jì chéng le
也可以形容做事不违背常理，顺应规律)地继承了

wáng wèi　bìng qiě hái hòu dài le yǎng yù tā de qiáo fū yì jiā　zài tā tǒng zhì de shí
王位，并且还厚待了养育他的樵夫一家，在他统治的时

hou　tiān xià tài píng　fēi cháng fán róng　kě shì sān nián zhī hòu　tā jiù qù shì le
候，天下太平，非常繁荣。可是三年之后，他就去世了，

zhǐ bú guò jì wèi de shì yí wèi huài guó wáng
只不过继位的是一位坏国王。

名师点拨

　　星孩带着孩子们做坏事，还不认自己的母亲，所以变得非常丑陋。在日常生活中，我们不能取笑别人，也不能虐待小动物，要做一个善良听话的好孩子才行。

137
PAGE

第九篇 渔夫跟他的灵魂

名师导读

　　渔夫喜欢上了美人鱼，可是要想和美人鱼在一起，他就必须放弃自己的灵魂。那么，渔夫会同意吗？他会怎么做呢？

　　渔夫每天晚上都会下海打鱼，遇到坏天气，他就会隔天去收回他撒的渔网，把捕到的鱼拿去集市上卖掉。

　　这天晚上，渔夫出海打鱼，发现自己的渔网非常重。他非常开心，因为根据他多年的经验，渔网中绝对有宝贝，他用尽全身力气将渔网中的宝贝打捞出来。

　　结果却让他非常吃惊，他并没有打捞出来什么值

钱的鱼类，只打捞上来一位小美人鱼。

美人鱼的头发湿漉漉的，皮肤白皙，嘴唇红润。渔夫第一次看到这么漂亮的女人，于是就忍不住把她拥入自己怀中。

美人鱼醒来之后看到自己躺在渔夫怀中，就恳求渔夫说："请你放我回去吧？我的父亲已经很大年纪了，

wǒ xū yào huí qu zhào gù tā
我需要回去照顾他。"

yú fū jǐn jǐn lǒu zhù měi rén yú shuō　　rú guǒ wǒ fàng nǐ zǒu le　　wǒ kě néng
渔夫紧紧搂住美人鱼说:"如果我放你走了,我可能

jiù zài yě jiàn bu dào nǐ le　chú fēi nǐ dā ying wǒ　wǒ suí shí zhào huàn nǐ　　nǐ
就再也见不到你了,除非你答应我,我随时召唤你,你

suí shí chū xiàn　　bìng qiě nǐ hái yào wèi wǒ chàng gē　bāng zhù wǒ bǔ yú　　yú er zuì
随时出现,并且你还要为我唱歌,帮助我捕鱼,鱼儿最

xǐ huan tīng nǐ chàng gē le
喜欢听你唱歌了。"

měi rén yú guǒ duàn de dā ying le　　bìng qiě hái yǐ hǎi zú rén de míng yì qǐ
美人鱼果断地答应了,并且还以海族人的名义起

shì　yú shì yú fū fàng kāi le měi rén yú　　měi rén yú chàn dǒu zhe huí dào dà hǎi zhōng
誓,于是渔夫放开了美人鱼,美人鱼颤抖着回到大海中。

cóng cǐ zhī hòu　　yú fū měi tiān wǎn shang chū hǎi dǎ yú de shí hou　　dōu
从此之后,渔夫每天晚上出海打鱼的时候,都

huì jiào chū měi rén yú　　měi rén yú yòng tā dòng tīng de gē shēng xī yǐn chū
会叫出美人鱼。美人鱼用她动听的歌声吸引出

xǔ duō yú　　yú fū zài tā de bāng zhù xià　měi wǎn dōu shì mǎn zài ér guī
许多鱼,渔夫在她的帮助下,每晚都是满载而归(原

指装得满满地回来。表示收获很多。也可以指在学术

dàn shì　　yú fū què zài yě pèng bu dào
等领域取得丰硕的成果)。但是,渔夫却再也碰不到

měi rén yú le　yīn wèi tā zǒng shì dāi zài lí tā hěn yuǎn de dì fang　bìng qiě
美人鱼了,因为她总是待在离他很远的地方,并且

yí dàn jǐng jué dào tā huì guò lai zhuā zì jǐ　　měi rén yú jiù xùn sù yóu zǒu
一旦警觉到他会过来抓自己,美人鱼就迅速游走。

zhè tiān wǎn shang yú fū bǎ xiǎo měi rén yú jiào chū lai　shēn qíng de duì tā shuō
这天晚上,渔夫把小美人鱼叫出来,深情地对她说:

"你在我心中是最美丽的,我已经喜欢你很久了,让我做你的新郎吧?"

美人鱼却回答说:"你跟我们不同,你拥有灵魂,我们是不能在一起的。"

渔夫焦急地说:"我要灵魂也没什么用,如果我不要灵魂了,我们是不是就可以永远在一起了。"

美人鱼没有回答,只是害羞地笑了。

"我怎么才能跟我的灵魂分离,你知道方法吗?"

"这个我就不知道了,我只知道我们海族人是没有灵魂的。"美人鱼边回答,边游回海里。

第二天天刚蒙蒙亮的时候,渔夫就起来了,他去拜访当地有名的神甫,想要从他那里寻找跟灵魂脱离的方法。他将自己的情况跟神甫完整地说了一遍。

神甫气愤地说:"你是着了什么迷吧?灵魂是

最珍贵的东西，没有什么东西的价值是能跟灵魂相比的。所以，孩子，我希望你再好好考虑一下，不要那么冲动。"

渔夫悲伤地说："照你这样说，半人半羊的农牧之神就不开心了，我一定要跟我的爱人待在一起。"

神甫看到渔夫如此痴迷，便没有再说什么，只是让他离开这里。

渔夫满脸愁容地走在大街上，熟悉他的人说："你今天怎么没带鱼，你打算卖什么？"

"我今天想把我的灵魂卖掉，有人需要吗？"

"你是不是疯了，灵魂一点用都没有，我们看中的是你的身体，我们给你乔装打扮后，你可以当奴隶。"

渔夫失望地走了，他来到海边，静静地坐着，想要找到合适的方法。这个时候，他突然想起来，他的朋友好像跟他说过，海湾尽头的洞穴里住着一位年轻的女巫。他想到女巫可能有办法帮他，就动身去找她。

那个女巫已经知道他会过来了，她把自己打扮一番之后，站在洞门口等他。

女巫看到渔夫走到自己面前，大声问道："你还缺少什么？告诉我，我会帮你实现，只不过你需要付出一些代价。"

语言描写，说明渔夫对美人鱼的爱很深。

"我想要跟我的灵魂分离，只要你能做到，我愿意付出任何代价。"渔夫说。

女巫听到他讲这话，浑身发抖。女巫说："我的确有办法帮你实现，可是你打算拿什么作为回报呢？"

"我虽然不太富裕，但是我愿意拿出我仅有的五个金币给你。"

女巫冷笑着回答说："你别跟我开玩笑了，你不要忘了我们是女巫，钱币对我们而言就是信手拈来(信手，随手。拈，用手指捏取东西。指随手就能拿过来，表示能够非常容易获得。也可以形容写文章时不需要思考太多，能自如地运用成语典故)的东西。我

de yāo qiú jiù shì　　nǐ gēn wǒ yí kuài tiào wǔ
的要求就是，你跟我一块跳舞。"

　　yú fū jué de zhè ge yāo qiú fēi cháng róng yì mǎn zú　　yú shì jiù dā ying
　　渔夫觉得这个要求非常容易满足，于是就答应

le　　　nǚ wū jiāng tiào wǔ de shí jiān hé dì diǎn dōu gào su tā　　bìng qiě dīng zhǔ
了。女巫将跳舞的时间和地点都告诉他，并且叮嘱

tā　　jiǎ rú yǒu hēi gǒu guò lai gān rǎo　　jiù yòng liǔ tiáo gǎn zǒu tā　　rú guǒ
他："假如有黑狗过来干扰，就用柳条赶走它；如果

yǒu niǎo er gēn tā shuō huà　　jiù bú yòng lǐ cǎi tā　　děng yuè liang yuán le de
有鸟儿跟他说话，就不用理睬它。等月亮圆了的

shí hou　　wǒ jiù huì lái dào nǐ shēn biān
时候，我就会来到你身边。"

　　yú fū àn zhào yuē dìng de shí jiān dào le　　guǒ zhēn yǒu hēi gǒu hé niǎo er　　tā
　　渔夫按照约定的时间到了，果真有黑狗和鸟儿，他

都按照女巫的交代做了。午夜时分，女巫过来了，渔夫和女巫就这样跳起舞来，渔夫能够感觉到旁边有个男人一直在观察自己，后来舞会结束了，渔夫和女巫手拉手一起上前跟这个男人道别。之后，女巫就将肉体和灵魂脱离的方法告诉了他。

渔夫知道方法之后，立马按照女巫的指点进行操作，他很快就成功了，他看到自己的灵魂已经离开身体，来到他的面前。灵魂不愿意和他分离，一直在苦苦哀求他。最终灵魂的确没有办法了，他就要求和渔夫的心待在一起，可是渔夫要用自己的心去爱美人鱼，他当然不会给。

灵魂跟渔夫告别的时候说："我希望每年的这个时候，我都能在这里见到你，说不定你有什么事情需要我。"

美人鱼已经出来迎接渔夫了，他们恩爱地走向了海底宫殿。

一年过去了，灵魂回到这个地方，并且成功将渔夫叫了出来，他想要靠近渔夫，可是渔夫却离他很远。他跟渔夫讲着自己这一年的经历，可是渔夫毫不心动，他们就这样分离了。

灵魂继续在四处游荡，等到第二年的这个时候，灵魂回到这个地方，渔夫同样出来见他，但是依旧离他很远。他依旧跟渔夫讲述自己的精彩经历，可是渔夫同样不感兴趣。

第三年到来了，灵魂再次回到这个地方，并且成功将渔夫叫了出来，这次他并没有要求渔夫离他近一点，而是自己主动走近渔夫。他跟渔夫说到他见过一个会跳舞的美女，这个故事勾起了渔夫的好奇心，因为美人鱼虽然美，但是她没有脚。灵魂欺骗渔夫说："我说的这个地方，跟我们现在待的地方距离非常近，一天就能回来。"

渔夫果断答应跟灵魂一起去这个地方，灵魂开心

地重新进入他的体内。灵魂带着渔夫来到非常远的
地方，但是这些地方都不是渔夫想去的地方。灵魂还
带着渔夫做了各式各样的坏事，包括打架、抢钱、偷盗。
渔夫非常生气，可是灵魂却说这是因为他出门没有带
心的缘故。

当渔夫想要脱离灵魂，回到美人鱼身边时，
他发现女巫的方法不管用了。灵魂笑着说："你

这辈子都无法摆脱我了，因为人的灵魂只能离开肉体一次。"

渔夫非常伤心，他回到海边，呼喊美人鱼的名字，可是不见她的踪影。他就这样日日夜夜地待在海边，直到有一天，他听到一声巨大的动静之后，美人鱼的尸体被海浪送到海面上。

他看到自己心爱的人死去，悲痛欲绝，当海水在不停地往上涨的时候，他也不离开。就这样，他和他心爱的美人鱼死在了一起，在他心目中，爱情的价值是最大的，也是他最向往的。

神甫得知海水躁动，早上起来走到海边准备祈祷。可是，他刚到海边就看到渔夫和美人鱼的尸体，他觉得非常晦气，并且觉得海族人非常的讨厌。于是没做祈祷就离开了，他还吩咐下人，将这二人的尸体埋在漂洗工厂的角落里。三年就这样过去了，神甫在祭祀的时

hou 候，看到桌子上摆放着他从未见过的花朵，并且这些

huā duǒ de qì wèi hái ràng rén fēi cháng shū fu 花朵的气味还让人非常舒服。qí dǎo wán bì zhī hòu tā xún wèn 祈祷完毕之后，他询问

zhè xiē huā shì nǎ lǐ cǎi zhāi lái de bié ren gào su tā shì zài mái zàng měi rén yú 这些花是哪里采摘来的，别人告诉他，是在埋葬美人鱼

hé yú fū de dì fang cǎi zhāi de 和渔夫的地方采摘的。

shén fu tīng hòu hún shēn fā dǒu dì èr tiān yí dà zǎo tā jiù dài zhe 神甫听后浑身发抖，第二天一大早，他就带着

徒弟们来到海边，进行祈祷。海族人已经搬离这里了，他们去到很远的地方了，这里的人民从此幸福地生活着。

名师点拨

为了和美人鱼在一起，渔夫宁愿被海水淹死。"生命诚可贵，爱情价更高，"爱情一直以来都被人们赞扬着，也有很多关于爱情的故事和传说，不妨和朋友们交流一下。